JN034289

【第三版】絵解き菜根譚

一〇八の処世訓

FU YI YAO
傅益瑤○画

LI ZHAO LIANG
李兆良○書

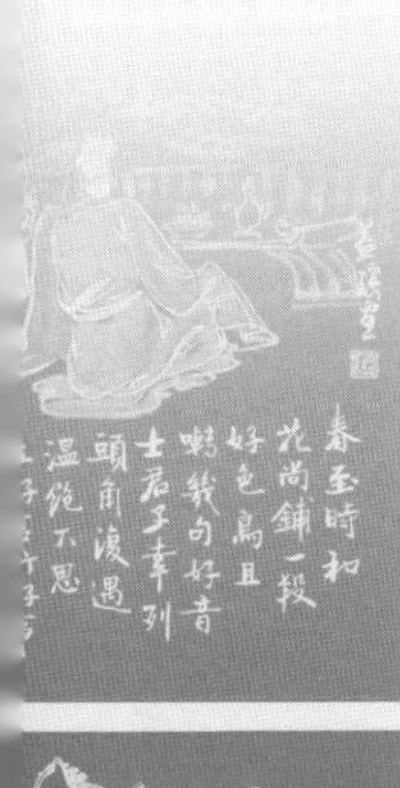

雄山閣

序

大本山永平寺第八十世貫首　南澤道人

傅益瑤女史が『菜根譚』の数ある章句の中から百八の名言を選んで絵解きされたものを見せていただき、その画業のいよいよ広く、また、いっそうの深みを増してきていることに、喜びを禁じえません。

高祖道元禅師七百五十回大遠忌を迎えるにあたって、「祖道伝東」全三十六点の大作を描いていただいたのは平成十四年のことでしたが、傅益瑤女史は、大作の制作を前に、『正法眼蔵』、『永平広録』、『清規』等の道元禅師ゆかりの文献を精読され、さらにインドの仏教源流の地を探訪するなど、並々ならぬ意欲をもって臨まれたことは、なお記憶に新しいところです。

一作一作に集中されて思いの限りを尽くされる画風は、「祖道伝東」の大作から『菜根譚』の絵解きに至るまで、少しも変わるところがありません。『菜根譚』の名言は、幼少時にお父上から口伝えで学ばれたといわれますから、傅益瑤女史にとっては、物心がつくと同時に学ばれた日常の教えが『菜根譚』の名言であったということになります。お父上が坐っていらっしゃる大きなソファーのそばに、小さな腰掛けを置いて、そこに行儀良く控えてお父上の言葉に耳を傾けている傅益瑤さんの少女姿が彷彿として、それはたいへん微笑ましいものですが、人間はやがて成長するとともに童心を失ってしまいます。

百八歳まで生きられた清水寺の大西良慶和上のお歌には、

「生まれ児の　次第次第に知恵つきて　仏に遠くなるぞ悲しき」

とありますが、知恵がつくに従って、だんだん、だんだん仏心が減ってしまう、そのことを嘆いていらっしゃいます。仏心とは何かと言えば、童心あるいは真心と言ってもいいでしょう。真心は誰にでもあるものですが、知恵がつくとともに分別が生じて、真心はいつの間にか心の奥のほうに仕舞い込まれてしまう。仏教の知恵は、無分別の智、「無分別智」なのですが、無分別の知恵だけでは、人間はやはり生きておれない。真心と分別が常に同じ大きさ、言わば車の両輪のように働いておれば、人間もまともなのでしょうが、どうしても片方が小さくなってしまうことから、よろずぎくしゃくするのです。

儒教の中心思想である「中行(中庸)」にも通じることで、『菜根譚』では、

「人の心もしいて清くするには及ばない。心を濁らすものを払い去れば、もともとの清らかさがあらわれてくる」

と教えています。

傅益瑤女史を知るにつけ、その率直なお人柄には誰もが心を洗われますが、それは童心が生き生きと輝いているからにほかなりません。『菜根譚』の世界を描くのに、もっともふさわしい画家によって、名言の数々がいま生き生きと現代に蘇ったことになります。

はじめに

わたしが絵を描く、李兆良先生は章句を墨書するという形で、『菜根譚』の絵解き名言集を世に送り出そうと意気投合したのは、ほんとうに偶然の出会いからでした。

わたしたちは香港で出会い、たまたま話をかわす機会に恵まれたのですが、話し始めてみると、たちまち談論風発して、話題は詩のこと古典のこと、はては中国文化から東洋哲学へと縦横無尽にひろがったのでした。

李兆良先生は若くしてアメリカに渡られ、生物化学者として彼の地でしっかりした地歩を占められた科学者ですが、中国文化の素養の豊かなことに、わたしはすっかり舌を巻いてしまいました。わたしと李兆良先生は同じ世代に属します。うかがってみると、幼少期に家庭で受けた教育はわたしの場合とよく似ていて、両親は折に触れて中国の古典の名句や成語、名文や名詩を引いて、世の中のことや人としてのあり方・心構えを教えてくれたのですが、そのひと言ひと言が、おのずから処世訓にもなっていたのでした。

両親の子供に接するしかたと子供が家庭で受けた教育、長じて受けた教育を思い返して親の恩に感じ入ること、いずれも李兆良先生もわたしも一緒なのです。こうした伝統教育を中国では「賢文教育」と言い慣わしてきました。李兆良先生とのお話は、このことにも及び、今日の教育事情について論じ合うことになったのですが、わたしたちが、期せずして同じ憂慮を抱いていたことがわかりました。

わたしたちの世代のバックボーンになっている中国古典の知恵が、わたしたちの次の世代以降にあっては、ほとんど一顧だにされていないという現実です。

物の豊かさばかりが強調されて、心はすっかり物欲におおわれてしまっています。親は知恵を与えるのではなく、ただただ物を与えることで、子供の歓心を買っているしまつなのです。

事情はわたしたちの祖国である中国に限ったことではありません。李兆良先生の住むアメリカでも、わたしが留学以来四半世紀をすごしてきた日本でも、豊かさの中でかえって家庭教育が崩壊していくという奇妙な現象が普遍的に見られるのです。どうして物の豊かさが心の豊かさにつながらないのでしょうか。

わたしも李兆良先生も、このことでずいぶん苦しみ悩み、次の世代の教育に強い不安を感じてきたのでしたが、わたしたちは教育者でも教育学者でもありませんから、ただ手を束ね、思いあれど力のない自分をうらめしく思うだけだったのです。

それでも何かしなければ。

わたしたちには何ができるのだろうか。

この悩みと焦りが、あの日の談論の中で明らかになったのでした。

こうして、わたしが絵を描き、李兆良先生が章句を墨書するという協働の結果、『絵解き 菜根譚 一〇八の処世訓』が誕生しました。古典の知恵と処世の教えをあらわした「賢文」を代表するのが『菜根譚』だったからです。


この本を手に取ってくださった日本の読者のみなさまには、事あたらしく説明するまでもありません。『菜根譚』は江戸後期に日本で翻刻されると、武士の教養書として広く読まれ、明治以降には為政者や経営者・企業家の座右の書として、今日までずっと愛読されてきています。多くの注釈書や研究書が出版され、精緻な注釈は本家の中国をしのぐほどに水準が高く、日本の中国古典学の著しい成果を示しています。ですから、『菜根譚』がどのようにして書かれ編まれたのかは、そうした先行書にゆずるとして、わたしがどのようにして『菜根譚』と出会い、『菜根譚』から何を学んだかをお話することにしましょう。

はじめに触れたように、わたしは「賢文教育」の一環として両親から口移しで『菜根譚』の章句を学びました。『菜根譚』は両親の愛読書でしたから、父も母もそっくり暗誦してしまっているほどに精通していて、数々の章句が口をついて出てきます。

父は『菜根譚』にしるされた章句を文字どおり処世訓として受け入れていたからでしょう、口をついて出てくる言葉は自然で、幼いわたしにはそれが『菜根譚』からのものとはわかりませんでしたが、父が語るとおりそっくりおうむ返しにして覚えてしまいました。

そんな時、父は「覚えたらよくかみしめて考えてごらん。野菜のかたい根もよく咬めば食べられて営養になる。根が咬めてはじめて一人前の人間だ」と言って、やさしくわたしの頭をなで、満面に笑みをたたえるのです。

父の教え方は、何か準則があってそれを子供に教え諭すというのではなく、父自身の頭の中に浮かんだこと、その時読んでいた本の文章に同感したり、感激したりしたことをそのままに話して聞かせるというものなのですが、自分が納得していないことをわたしたちに語ることは決してありませんでした。

こうした語りに普通の子供は興味をなくしてしまうのかも知れませんが、わたしは逆に父が何を考えているのか知りたくて、いつも興味しんしん耳を傾けていました。

わたしの『菜根譚』は今も父との思い出の中にあるのです。

父の語りの中でいつまでも忘れられないのは、「文章」についての父の考えです。文章は心の感動をうつすものである、という確乎とした考え。ただ単に書きつづるだけなら、それは「文章」とは言えない、と父は言い切りました。

『菜根譚』には、こうあります。

「ほんとうにみごとな文章は、何の奇抜な技巧も弄さず、ただぴったりとした表現がなされているだけである」

ぴったりとした表現で、心の感動をそのままにうつす、それが文章である、と父は語っていたのです。

また『菜根譚』には

「一字も識らぬ者でも詩心があるなら、それは詩のほんとうの豊かさを心得ているのである」とあります。

心の豊かさこそが、人間にとって、何ものにも代えがたい豊かさなのだ、と父は語っていたのです。

「しっかり勉強しなければいけないよ。なぜ勉強するのか。それは学ぶことで自分の心の豊かさをいっそう充実させることができるからだ」

父はいつもそう言って、中国の古典を幼いわたしたちに指し示します。家にはたくさんの本が書棚いっぱいにありましたが、その本の扉に、父は、星印、丸二つ、丸一つ、三角、バツの印を付けて、星印のある本は、ぼろぼろになるまで読むべし、丸二つの本は熟読玩味すべし、丸一つの本は読むべし、三角の本はざっと目を通すだけでよし、バツ印の本は読むべからず、とそう決めてあったのです。わたしたちは父の書斎に入りびたるようになり、中国文化の古典の世界に自然にいざなわれていきました。

父は江西省の産ですから、南昌の滕王閣（とうおうかく）を詠（よ）んだ王勃（おうぼつ）の詩と序をよく口ずさんでいました。南宋の政治家で愛国詩人の辛棄疾（しんきしつ）を尊敬していて、悲憤慷慨の詞を朗々と吟じる父には、同じ憂国の情があったのでしょう。わたしも父について「滕王閣の序」と詩をすっかり暗誦してしまいましたし、辛棄疾の詞も吟じることができるようになりました。志を述べ、感動を詠む中国の古典詩詞は今、わたしの画業の中心テーマにもなっています。

たしかに人生は複雑で難解です。自分の限られた経験だけから判断するなら、それはあまりにも危うく、ちょっとした気のゆるみから、大きな災難をまねくことにもなりかねません。先人が血のにじむような体験のなかから導き出した「賢文」は、先人たちの知恵の結晶なのですから、そこから多くの教訓を得ることができるのです。

わたしは折に触れて『菜根譚』を読み返しますが、書を閉じていつも思うのは、「わたしは完璧な人間にはなれないし、人並すぐれた異能の持ち主にもなれない。しかし、本分を尽くし、いつも心豊かに、心の富貴を存分に楽しむ者でありたい」ということです。

『菜根譚』は禁欲を強いる道学者流の教えでもなく、堅苦しい道義をことさらに説く修身の書でもありません。洪応明(こうおうめい)は、つつましくもなごやかな家庭をこの世の仙境とたたえていますし、自然の風光のすばらしさを存分に楽しんでいます。下心や野心のない農夫や漁夫と心おきなく語りあかし、ほどほどに痛飲しています。政界で失脚し山林に隠棲することを余儀なくされた不遇の人とされていますけれど、心の豊かさの中で、限りある人生をどのように楽しんだらよいのか、その方法をよく知っていました。志敗れても失意の底に沈むことなく、己れの一生を心楽しく生き抜いたのです。

こうした洪応明の生き方が多くの章句に書きつづられた『菜根譚』は、人生を見るわたしの目を大きく変え、一種の解脱(げだつ)感をもたらしてくれたのです。わたしの画業にもひとつの転機を与えてくれました。

これまでわたしは障壁画を中心に大作を多く手がけてきましたが、今回は小さな画面に軽いタッチですばやく筆を走らせる方法をこころみました。といって、決して略式に流れたということではなく、何度も読み親しんだ『菜根譚』の世界をわたしなりに表現しようと一作一作に思いを込めました。たいへん貴重な体験ですから、文意を理解した限りで精一杯力を尽くして描きますが、描きながら多くのことを改めて学んだのです。

わたしの読解力と洞察力が一枚一枚の絵にどのように現れているのかは、読者のみなさまのご心眼におまかせするほかありませんが、今回の体験からわたしの人生をふり返ってみて、反省することが少なくありません。描きながら、ああ、そういうことなのだ、とわれとわが身の不明を悔いることもあったのです。

この本では九十一「この世の成敗や得失は」として二〇二ページにある

「人の一生は、ちょうど素焼きの深鉢にも似ている。打ち割ってみてはじめて、それがもともと空であったことがわかるのである」

という教えは、何度も読んでいましたのに、いざ絵を描く段になって、よくよく玩味してはじめて、わたしの認識は一変することになりました。

わたしは知らず知らずのうちに、一生は宝の壺なのだと思うようになっていたのです。一度きりの人生、それも決して長くはない。だから、これもあれもといっぱいに詰め込みました。これも大切にしておきたい、あれも大切にしたいと一所懸命に詰め込んできたのが、これまでのわたしの半生でした。多くの品々と沢山の思いが、わたしの人生の宝の壺には詰め込まれていています。いつしか持ち上げられないまでに重くなってしまった宝の壺。

事情はわたしの周囲の人々も同じなのでした。自分の品々と思いだけではなく、子供たちの分の品々と思いまで詰まって、それこそ誰の人生の宝の壺も、はち切れんばかりにいっぽいではありませんか。

追求、競争、お金、高いポストや地位、学歴、人からの評価、将来、……。

まだ人生の経験の浅い子供たちにも、同じような品々と思いが重くのしかかっています。詰め込むだけの宝の壺が、はたして幸せな一生を保障するのでしょうか。

宝の壺は素焼きの深鉢も同じで、打ち割ってみれば、もともと空(くう)であったことがわかるはずです。

わたしは思い切って、わたしの半生の品々と思いが詰まった宝の壺を打ち割ってしまいました。執着から自由になった身でこの世界を見ると、わたしには、どこにどう立って、どうこれからの人生を歩んでいけばよいのかがわかり、豁然(かつぜん)として開悟することになったのです。

こうしてわたしは、熟読玩味しながら、わたしの『菜根譚』を一本の筆に托して百八枚の絵に仕上げ、李兆良先生がその一枚一枚に章句を墨書してくださいました。

李兆良先生もアメリカに渡られてからきっと、人には言えない苦労や辛い体験があったに違いありません。そんな時には毛筆を手にして好きな中国の詩や文章をしたためることで、中国文化の母なる海に身をまかせ、心豊かな時を楽しまれたのでは、とわたしは想像してしまいます。

わたしも李兆良先生も生み育ててくれた中国の文化に対する愛着と誇りに励まされて、この協働の仕事をすすめました。この仕事をすすめながらも、やはりわたしの耳もとには、父の教えが終始変わらずにありました。

「願わくはわが娘には、ほんとうの文化人になってほしい。決してあの不行跡な文人にだけはなってくれるなよ」という教えです。

中国では、「文人無行」（文人の不行跡）という成語があるほど、勝手きままで反社会的な文人が横行します。文人であるのだから、社会の常識をはずれても構わない、不道徳な行ないも文人の所業としては許される、とする歴史的な風潮が残っています。

『菜根譚』には、そうした文人のけれんみを許す言葉は、ひと言もありません。天からいただいた一点の純な心を一生涯守り抜き、悪事には決して手を染めず、世のため人のために立ち働く、誠実な文化人の原形を、あの封建社会の中に、くっきりと見てとることができるのです。

しっかりした人生観と高い理念、自分にも社会にも責任を持つ誠実さ。

ほんものの文化人になるよう、父は娘に願ったのでした。

『菜根譚』は四百年も前の著作ですが、今日の文章に比べて、かえって新鮮な感じを与え、読む者の心に響きます。

日本では、経営者や企業家に多くの愛読者がいらっしゃいますが、わたしが『菜根譚』を座右に文化人になるための努力を積み重ねてきたのと同じように、日本の誠実な経営者や企業家の方々は、きっと『菜根譚』から、ほんものの才能と知恵とは何なのかを学んでいらっしゃったのだと思います。日本の戦後の復興も繁栄も、「稼ぐが勝ち」といった傲慢や、「すべて想定内」といった浅知恵から生まれたものでないことは、周知の歴史的事実だからです。そこには有名無名の「ほんとうの教養人」が立ち働いていたのです。

『菜根譚』の英訳は、李兆良先生とお二人の娘さん、李衛中・李衛華さんご姉妹、それにご夫人の衛小玲女史も協力されて出来上がりました。

「儒・仏・道」の三教合一思想や儒学の倫理観など英語にはなじみにくい様々な概念が含まれた『菜根譚』ですが、実際に読まれればおわかりになるように、実は、動機は真率ですし、よく練られた達意の文章は、決して難しいものではありません。その真意は外国語でもきっと伝わります。

それで、日本語訳も思い切って現代語訳だけにいたしました。訓読のリズムには捨てがたい魅力がありますけれど、現代語でも『菜根譚』の言わんとしているところは十分にわかってもらえるからです。

中国では近年、『菜根譚』をはじめ自国の「賢文」に学ぶ動きが、少しずつですが社会に見られるようになりました。そこには金銭至上・物質万能の世相に対する反省の気持ちも込められています。

日本でも、親の立場から、また上に立つ者の心構えとして、より多くの方々が、この本を入門編に、『菜根譚』に親しんでくださるなら、わたしと李兆良先生の願いは達成されたことになります。

二〇〇六年七月

傅　益瑤

「絵解き 菜根譚 一〇八の処世訓」章句 初句

修養は、鉄を打つも同じ、くりかえし鍛えるべきで、にわか仕立てではけっして身につきはしない。

事業は、強弓で矢を放つも同じ、満を持して発するべきで、軽はずみではけっして成功を収められはしない。

Discipline is like tempered gold; it is never right if done in haste. Charity is like stretching a strong bow; you won't shoot very far with a small effort.

磨礪當如百煉之金
急就者必非邃養
施為宜似千鈞之弩
輕發者決無弘功

益瑤畫

非良書

心さえ清ければ、たとえかつかつの暮らしでも、わが身をすこやかに保っていける。
心がよどんでいれば、ありがたい禅の偈頌（げじゅ）を唱えたとて所詮は無駄骨折りにすぎない。

With an untainted personality, eating and drinking are just for nourishment.
With a distorted mind, even if one recites the scripture all day long, it is a waste of time and energy.

性天澄澈
即飢餐渴
飲無非康
濟身心
心地沈迷
縱説偈談
禪總是
播弄精魄

非良書

三

どんなに忙しくても、冷静に見極める目さえあれば、余計な苦労をしないですますことができる。
どんな逆境にあっても、自分をひきたてる熱い心さえあれば、ほんとうの楽しみを味わうことができる。

Keep your cool when everyone is hot headed.
You may save a lot of trouble.
Keep a warm heart when you feel abandoned.
You may gain some true pleasure.

熱鬧中著一冷眼
便省許多苦心思
冷落處存一熱心
便得許多真趣味

四

つまらぬ連中には、きまって彼ら相応の相手があるものだから、へたに関わって憎しみあうようなことがあってはならない。

りっぱな人間は、けっして私情で動くことはないのだから、媚(こ)びへつらうようなことをしてはならない。

Don't bear grudges with bad guys.
They have their own enemies.
Don't flatter a gentleman.
He will not accept personal favors.

休與小人仇雔
小人自有對頭
休向君子諂媚
君子原無私惠
非良書
益瑤畫

五

気性の激しい者は火にも似て、どんなものでも焼き尽くしてしまおうとする。情の乏しい者は氷にも似て、どんなものでも生気を失わせてしまおうとする。意固地な者は溜まり水や腐った木も同じで、どんなものにも働きかけようとする気持ちがない。

こうした性格の持ち主が、世のため人のための事業や福祉をすすめると言っても、それはまず無理というものである。

The impatient and imprudent are like fire, burning everything in their path.
The ungrateful are like ice, freezing up everything.
The stubborn ones are dead wood in stagnant water.
With these people, there is no vitality to establish achievement and pleasure.

燥性者火熾
遇物則焚
寡恩者氷清
逢物必殺
凝滞固執者
如死水腐木
生機已絶
倶難建功業
而延福祉
非良書
益瑶画

六

寒蟬は、はきだめのような土のなかから生まれて秋を告げる調べを奏で、蛍は、光のない暗い腐草のうちから生まれて夏を告げる輝きを放つ。
清いものも汚れたものの中から生じ、光り輝くものも暗闇の中から生じることが知れるのである。

Larvae of cicada emerge from the dirtiest dung and are nourished by the dews of beautiful autumn.
Fireflies hatch from decaying grasses and illumine the summer nights.
Purity is often derived from the most contaminated.
Brilliance may emerge from obscurity.

糞虫至穢
変為蟬
而飲露於
秋風
腐草無光
化為螢
而耀采於
夏月
固知潔常
自汚中出
明毎從晦
生也
非良書

七

官職にある時の戒めは二つ。公平であれば公明正大の徳があらわれる。廉潔であれば威厳がそなわる。

家庭にある時の心得は二つ。家族への思いやりが深ければ和やかに暮らせる。倹約すれば家計が保てる。

As a government official, there are two points to consider: "Understanding is from justice. Honor is from resisting corruption."
In the family, there are also two points:
"Forgiveness earns peace. Frugality always satisfies".

居官有二語曰
惟公則生明
惟廉則生威
居家有二語曰
惟恕則情平
惟儉則用足

非良書

益瑤畫

八

官途を辞して山林に隠棲すれば、栄誉や恥辱といった俗世の浮き沈みなどとは縁もゆかりもなくなる。

たとえ官途にあっても道義さえ守れば、あの人には厚くこの人には冷たくといった私情にとらわれることはない。

To a hermit in the deep woods,
there is no glory or shame.
To a righteous person, there is
no ingratitude or insincerity.

隐逸林中無荣辱
道義路上無炎涼

主義主張は高位高官の人をもしのぎ、学問教養は高尚このうえなくとも、修養にうらづけられた徳がなければ、つまるところ血気にはやった自己主張にすぎず、すぐれた文才も小手先のわざに堕してしまう。

九

Righteousness is high as sky, literary work pure as snow. These things if not tempered with personality, they are merely impulsive and crafty.

節義傲青雲
文章高白雪
若不以性情陶鎔之
終為血氣之私
技能之末

十

水辺で釣糸を垂れるのは、はた目には風流な楽しみに見えても、魚の命を左右する権柄を手にしていることを知らなければならない。

盤に向かって碁石を打つのは、いかにも上品な遊びに見えても、勝ち負けを争う心が動いていることを知らなければならない。

趣味も多ければ多いだけ煩わしさも多いのだから、控えるのがよく、才能にしても多方面で発揮するよりは、自分の本性を知って一方面で生かすほうがよいのである。

Fishing is an entertainment, yet it involves life and death.
Chess is just a game, yet it is a war in disguise.
It is better to have less than more, be simple than complex.

釣水逸事也
尚持生殺之柄
奕棋清戯也
且動戦争之心
可見喜事
不如省事之為適
多能不若
無能之全真

益瑶書

道徳は万人共有のものである以上、だれかれとなく践(ふ)み行うよう導くべきである。

学問は万人普遍のものである以上、いつどことなく怠らず努め励むようにすべきである。

"Dao" is a public affair.
How to deal with it depends on the person.
"Study" is like a common meal.
How to deal with it depends on the subject

益瑶画
道是一重公衆物事當隨人而接引學是一個尋常家飯當隨事而講求
兆良书

十二

欲得ずくで事にあたると、これはうまくいくと思っても手を出したがさいご欲におぼれて万仞の深みに落ち込んでしまうものだから、うまい話にはけっして乗ってはならない。

道理にかなったことは、これは険しいと思ってもひとたび後ずさりしたがさいご道理は千山のかなたに遠のいてしまうものだから、けっして後ずさりせずに践み行うべきである。

Don't be easily swayed by desire.
Once you are in, it's hard to get out.
Don't shy away from justice.
Once you withdraw, it will be miles from you.

欲路上事
毋樂其便
而姑為染指
一染指
便深入萬仞
理路上事
無憚其難
而稍為退步
一退步
便遠隔千山

十三

珍貴な物を喜ぶようなら、遠大な見識がそなわろうはずもない。

節操を守るあまり世に背いて孤高をよしとするなら、そうした志はけっして長続きはしない。

Those who love peculiarities lack a wide perspective. Detached from the society to go alone, one seldom can sustain.

驚奇喜異者
無遠大之識
苦節獨行者
非恒久之操

益瑶畫

非良書

十四

市井の連中と交わるより、山中のおきなを友とするほうがよい。

高官の豪邸に招かれるより、庶民のあばら屋に迎えられるほうがよい。

町なかで世間のうわさ話を聞くより、木こりや牛飼いののどかな歌に耳を傾けるほうがよい。

いまの人の不道徳や不手際をあれこれあげつらうより、昔の人のりっぱな行いに思いをはせるほうがよい。

I would rather be friend with the old mountain folks than with businessman.
I would rather visit plain houses than mansions.
I would rather listen to the songs of shepherds and woodcutters than gossips in the street.
It is better to talk about the great words and deeds of great people in history than to criticize the mistakes of the contemporaries.

交市人不如友山翁
謁朱門不如親白屋
聽街談巷語
不如聞牧唱樵歌
談今人失德過差
不如述古人嘉言懿行

益瑤畫

汪良玉

十五

あばれ馬のような猛者も常軌に復するものだし、溶湯のような荒くれ者も型におさまるものだ。どうにもならないのは、優柔不断で奮起しようとしない者で、それでは生涯なんの進歩もなく終わってしまう。

白沙先生は「多病だとて何を恥じることがあろう。一生涯無病で病の苦しみを知らないことのほうが、かえって災いの種にもなる」と言っている。ほんとうにその言葉のとおりではないか。

A horse that is hard to harness for a cart may be trained for rides.
Glittering gold may finally be cast into something beautiful.
Without effort, nothing is accomplished.
There is a saying that "to be frequently sick is nothing to worry. What one should worry is no sickness at all."
What a truth.

泛駕之馬可就馳驅躍冶之金終歸型範只一優游不振便終身無個進步白沙云爲人多病未足羞一生無病是吾憂真確論也

北良書

十六

上のおぼえがめでたい時に、えてして災いが降ってくるものだから、そこで冷静になってわが身を引き締めるべきである。

失敗したといっても、かえってその後で成功の機をうかがうこともできる。だから、思うにまかせぬからといって事業を投げ出してしまってはならない。

Pleasure usually is accompanied by over-indulgence.
Retract when it is most pleasurable.
Success usually comes after many failures.
Don't give up when it is most disheartening.

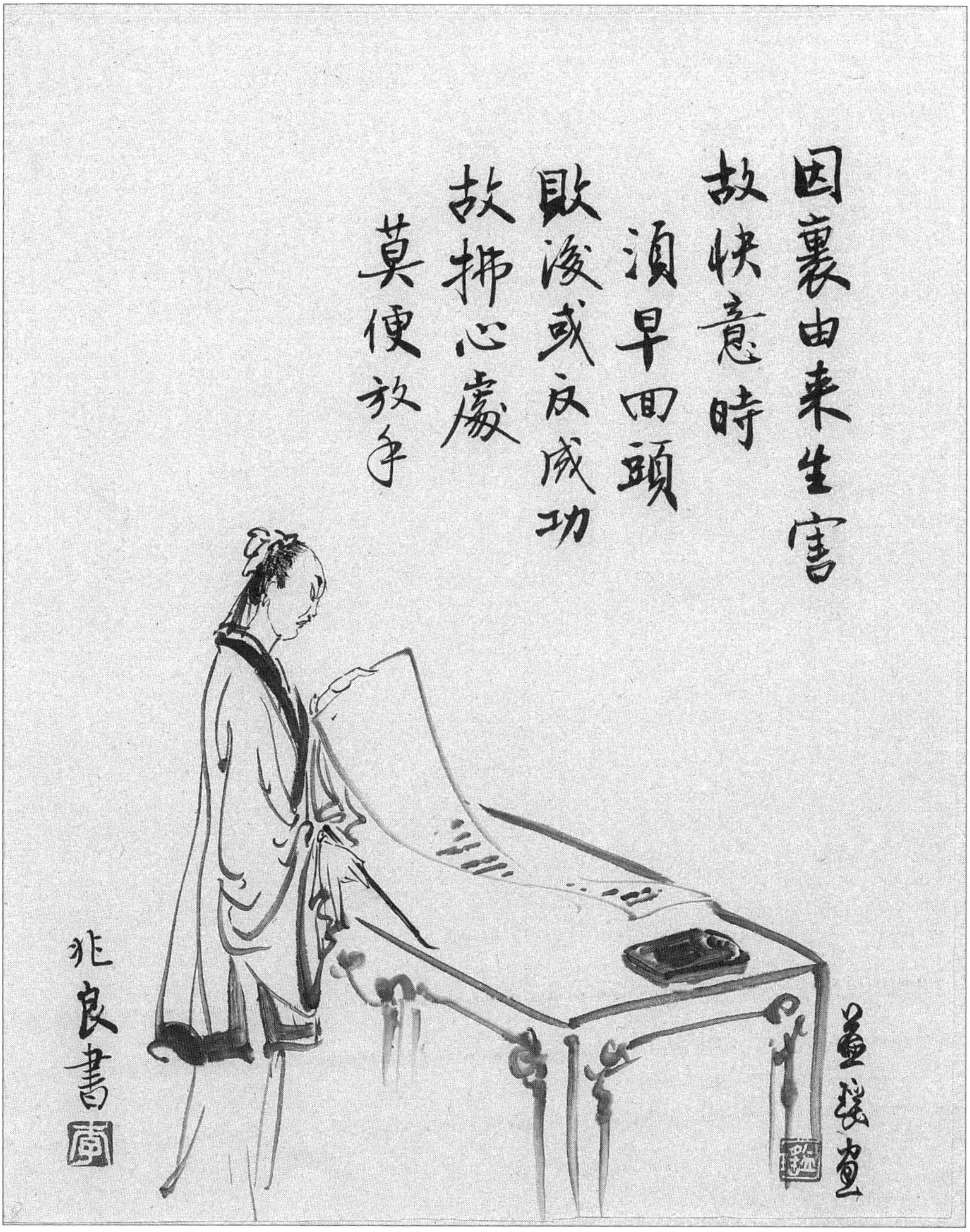
因裏由来生害
故快意時
須早回頭
敗後或反成功
故拂心處
莫便放手

十七

あばら屋も床にちりひとつなく、貧しい娘もきれいに髪をとかしてあれば、見た目は貧相でも、つつましさの中に張りが感じられるものだ。

男も同じで、志を立てた以上、困窮や挫折に直面したからといって、どうして張りを失ってよいものだろうか。

A moderate house swept clean and a poor girl well-groomed are not exquisite, but they do have natural beauty.
A gentleman even under adverse situation should still maintain his posture.

貧家浄拂地
貧女浄梳頭
景色雖不艶麗
氣度自是風雅
士君子一當
窮愁寥落
奈何輒自廢弛哉

非良書

益瑶畫

十八

心はいつも清らかでなければならない。清らかであれば道理のほうから自然にわが心にやってくる。

心はいつも充たされていなければならない。充たされていれば物欲がわが心に入り込むすき間はない。

One needs to void the heart to accept truth and rational thoughts.
One needs to fill up the mind against temptations.

心不可不虚
虚則義理来居

心不可不實
實則物欲不入

兆良書

益瑳画

十九

経書（けいしょ）を読んでも聖賢の教えをくみとらなければ、文字どおり論語読みの論語知らずになってしまう。

官職にあっても民草（たみくさ）のために心をくだかないのなら、禄盗人（ろくぬすびと）にもひとしい。

道理の講義には長（た）けていても実行にうつさないのなら、坊主の口頭禅と何らかわらない。

事業をおこしても世のため人のためをはからないのなら、生（な）らぬあだ花にも劣る。

Those who only consult books and not the sages are typesetters.
An officer that doesn't care about his constituents is a robber in disguise.
A teacher who does not practice what he teaches is merely a narrator.
Doing a job without professionalism is like short-lived flowers, bloom and wilt in no time.

讀書不見聖賢
為鉛槧傭
居官不愛子民
為衣冠盜
講學不尚躬行
為口頭禪
立業不思種德
為眼前花

兆良書

益[illegible]畫

二十

昔の言葉に「山に登るなら険しい道にも耐えよ。雪道を行くなら危ない橋にも耐えてすすめ」とある。

この「耐」の一字にこそ大きな意味がある。人情は常なく、人生の浮き沈みは誰にもあるが、この「耐」の一字をしっかり胸に収めていなかったために、これまで、どれほど多くの者が、いばらの道に迷い、穴や堀にはまってしまったことか。

It was said that
"In mountain climbing, one should dare the narrow paths. Walking through snow, one should dare the shaky bridges".
The word "dare" is worth mentioning.
In social life, there are all sorts of risks and dangers.
Without a daring spirit, we may never get out of the pits.

語云
登山耐側路
踏雪耐危橋
一耐字極有意味
如傾険之人情
坎坷之世道
若不淂一耐字
撐持過去
幾何不墮入
榛莽坑塹哉

兆良書

益瑶書

二十一

夜が更けてあたりが静寂につつまれた時、ひとり坐してわが心中を見極めると、そこではじめて、あれやこれやの妄念が去って本来の真情が現れてくるのがわかる。こうして心の自由自在なはたらきを感得するのであるが、真情が現れたといっても、妄念をすべて払いのけるのは難しい。このことを知る時に、ほんとうの懺悔の気持ちがわいてくるのである。

In the depth of the night, one may reflect in solitude and realize the exhaustion of vanity and feel enlightened by being alone.
Yet it is also the moment truth surfaces to humiliate us about our inevitable folly and shame.

益謙畫

夜深人靜獨坐觀心始覺妄窮而真獨露每於其中得大機趣既覺真現而妄難逃又于此中得大慚忸

兆良書

二十二

粗衣粗食を何とも思わぬ者には、氷や玉(ぎょく)のような汚れない心の持ち主が多いが、美衣美食におごる者は、きまって人からのお追従に慣れっこになってしまう。

このことからも、志は質素な生活の中で磨かれ、気概は安楽な生活の中で失われることがわかるのである。

Those who don't mind plain meals of vegetable are usually noble characters.
Those who are picky in good food and clothing are usually wicked sweet-talkers.
Integrity comes with frugality, and departs with extravagance.

藜口莧腸者多氷清玉潔
袞衣玉食者
甘婢膝奴顏

蓋志以澹泊明
而節從肥甘喪也

兆良書

益瑤畫

二十三

忙中に閑を得ようとするなら、まず閑中にある時に心の備えをしておかなければならない。

騒中に静を得ようとするなら、まず静中にある時に自分というものをしっかり打ち立てておかなければならない。

そうでないと、きまって周囲に左右されて忙中の閑は得られず、騒がしさに乱されて騒中の静は得られないものなのである。

Reserve some free time when you are too busy.
Get some tranquility when you are in chaos.
Otherwise, you will be dragged around and nothing can be done right.

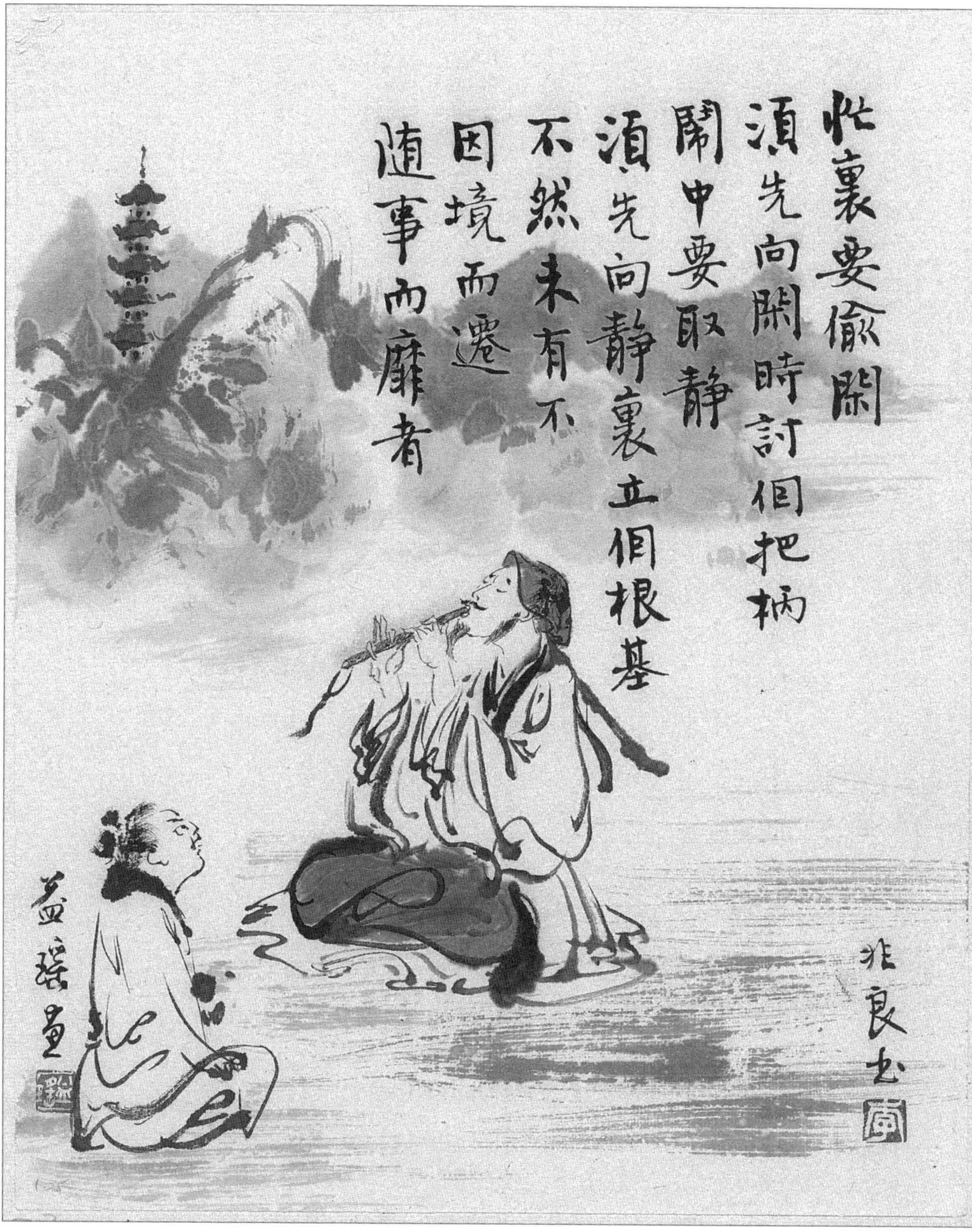

忙裏要偸閑
須先向閑時討個把柄
閙中要取静
須先向静裏立個根基
不然未有不
因境而遷
随事而靡者

非良书

益琴畫

二十四

どんなに忙しくても自分を見失わぬようにするには、忙しくなる前にわが心をしっかりと涵養しておくことである。

死に臨んでとり乱さぬようにするには、生ある時にものごとの道理をきちんと看破しておくことである。

To maintain orders in commotion, one needs to cultivate such spirit during leisure.
To be undisturbed by death, one needs to see through the vain of life.

忙處不乱性
須閑處
心神養淂清
死時不動心
須生時
事情看得破

二十五

友人に対しては、少なくとも三分の義侠心がなければならない。
立派な人間として生きていくには、少なくとも一点の純粋な心を保持していなくてはならない。

Treat your friends with generosity.
Treat yourself with frugality.

交友須帶三分俠氣
作人要存一點素心

非良書

二十六

暴風や豪雨の日には、鳥もまた怯(おび)えて悲しそうである。風穏やかに晴れわたった日には、草木もまた喜ぶかのようである。

だから、天地には、一日たりとも和気のない日があってはならず、人の心にもまた、一日たりとも憂いに沈む日があってはならない。

Birds and animals shiver in howling winds and pouring rains.
Trees and grasses enjoy breezes and sunshine.
The world should have peace everyday.
Our minds should have joy everyday.

怒風疾雨
禽鳥戚戚
光風霽日
草木欣欣
可見天地
不可一日
無和氣
人心不可
一日無喜神

二十七

天地は永遠のものであるが、人の命はふたたびはない。天寿をまっとうしてもわずかに百年であるのに、月日の過ぎ去るのは矢のように早い。

人としてこの天地の間に生まれた幸せをかみしめる時、その命のありがたさを知らなければならず、また、この命を虚(むな)しく終わらせてはならぬことを知らなければならない。

The universe is eternal.
You are here only once.
Of the hundred years of life at most, today is the best to live.
One should feel fortunate to be alive and beware of wasting life.

天地有萬古
此身不淂再
人生只百年
此日最易過
幸生其間者
不可不知
有生之楽
亦不可不懷
虚生之憂

二十八

修養ができていないうちは、世俗の楽しみから身を遠ざけるべきである。欲望をかきたてるものを目にしなければ心も乱れず、本来の澄んだ心をまっとうできる。
修養を積んだあとなら、世俗に交わることを頑なに避ける必要はない。欲望をかきたてるものを目にしても心は乱れず、かえって心の自由自在なはたらきを深めることができる。

Without a firm personality, one should stay away from the crowd and lead a simple life, not to be moved by vanity.
With a firm personality, one should go back to accept the challenge of desires to test one's dedication.
This is the training we need to seek the truth.

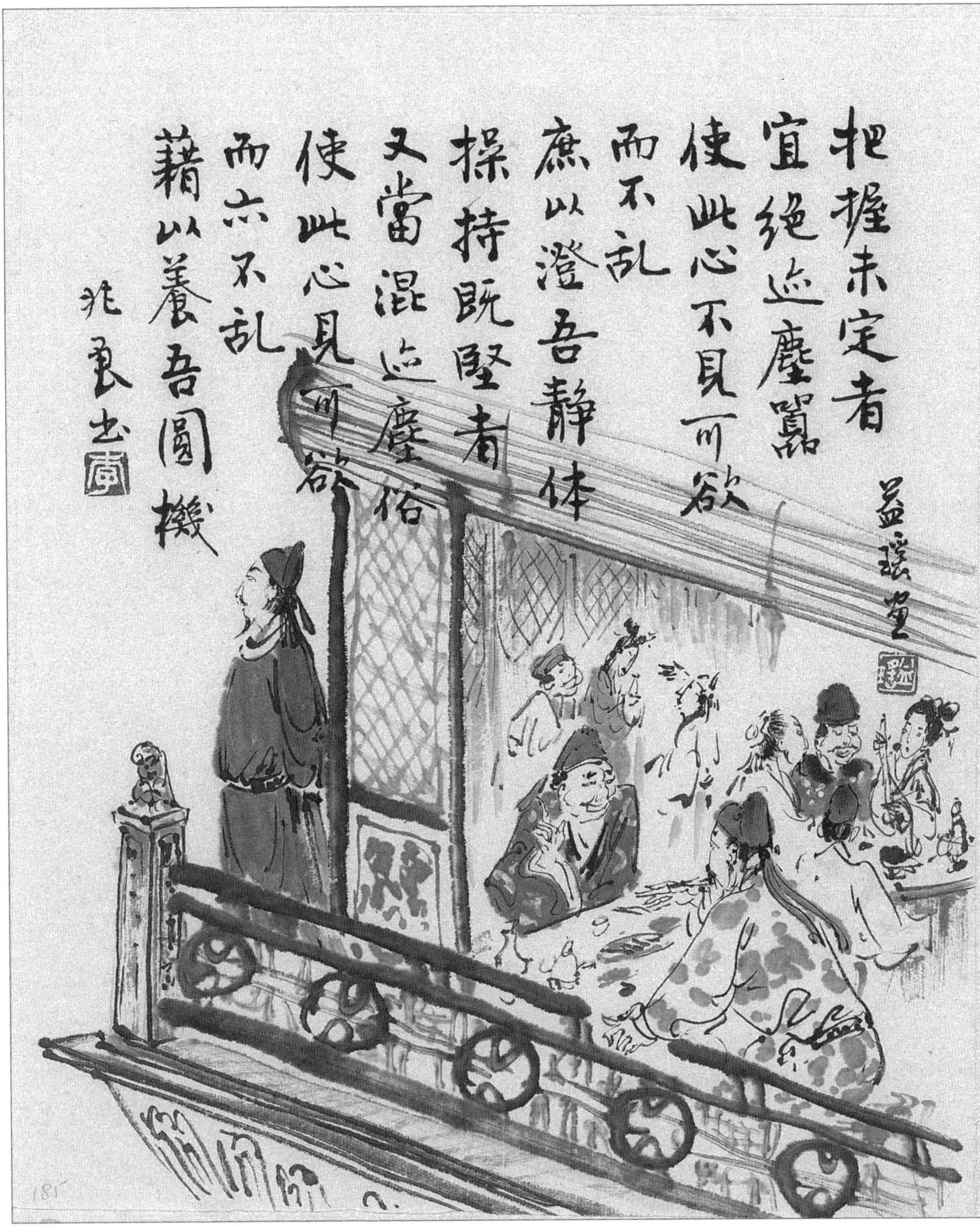
把握未定者
宜绝迹塵囂
使此心不見可欲
而不乱
庶以澄吾静体
操持既堅者
又當混迹塵俗
使此心見可欲
而亦不乱
藉以養吾圓機
兆良书
益瑶画

二十九

無位無官の庶民でも、すすんで道徳を実行し、恵まれない人に慈悲を施すなら、それはもう無冠の宰相なのである。
高位高官の役人でも、権勢をむさぼり求め、恩を売るのを事としていては、それはもう衣冠をつけただけの乞食も同じである。

A commoner who gives for charity is a nobleman without a title.
A ranked official playing with power and greed is a pauper with a title.

平民肯種德施恩
使是無位的公相
士夫徒貪權市寵
竟成有爵的乞人

三十

世俗の欲望にとらわれることがないなら、それは非凡な人である。といって、その非凡さを演じるようなら、それはただの変人にすぎない。
世俗の汚れに染まらなければ、それは高潔な人である。といって、強情から高潔を求めるようなら、それはただの意地っぱりでしかない。

To be unconventional is outstanding.
To be artificially unconventional is preposterous.
Not to follow trends is pure.
Deliberately staying away from trends is absurd.

能脱俗便是奇
作意尚奇者
不為奇而為異
不合汚便是清
矯情求清者
不為清而為激

益[illegible][illegible]

非良出

三十一

人間の心はそのまま一つの宇宙である。喜びはめでたい星やめでたい雲であり、怒りは雷鳴や豪雨であり、やさしさは穏やかな風や恵みの雨であり、きびしさは夏の日射しや秋の霜である。どれが欠けても宇宙は成り立たない。ただ、さまざまな天象が現れては消えて、そのあとからりとしてわだかまりがないようなら、そこではじめて大宇宙と人間の心が一体のものになるのである。

Our body and mind are just like natural phenomena.
Happiness is like the peaceful sky and clouds.
Anger is like a thundering storm.
Kindness is like the breeze and dews.
Sternness is like the scorching sun and autumn frost.
The natural phenomena all trigger our emotions.
As long as we have different feelings, we are one with the universe.

心體便是天体
一念之喜
景星慶雲
一念之怒
震雷暴雨
一念之慈
和風甘露
一念之嚴
烈日秋霜

益瑤畫

何者同感
只要隨起
隨滅廓
然無碍
便與太虛
同体

非良書

三十二

年老いてからの病はすべて青壮年期の不摂生がまねいたものであり、地位を失ってからの禍はすべて絶頂期の不品行がもとになっている。
だから、ほんとうの教養人は、絶頂にある青壮年期にこそ畏れ慎むものなのである。

The diseases at old age all started during younger times. The misfortune at failure is often rooted during success. Thus, a gentleman has to be cautious when things are smooth and easy.

益瑶画

老来疾病
都是壮时
招的衰後
罪孽都是
盛时作的
故持盈履滿
君子尤
兢〻焉

非良书

三十三

山林に閑居すれば、心も清々しく、見るもの聞くものすべてに趣きを感じる。野に遊ぶ鶴や澄んだ空に浮かぶ雲を目にすると、俗世を離れてあることの喜びがつのり、清らかな泉を見つけると、心を洗われるような気持ちになる。冬も緑を絶やさない柏槇（びゃくしん）の老木、あるいは寒中に花をつけた梅の老樹の幹をなでると、こうした木々のようにしっかりと立っていたいとの思いで胸がいっぱいになる。水鳥や鹿を友とする毎日の中で、いつしか浅知恵やたくらみの心は消えてしまう。ところが、ひとたび山林を出て町なかに入れば、自分とは関わりのないことにまで煩わされ、たちまちこの身は自由のきかない危険に巻き込まれてしまうのである。

Living in the mountains, I feel so refreshing that everything stimulates my thoughts.
A wild crane and a single cloud lead me beyond this world.
A clear spring and white pebbles cleanse me of the dust of my mind.
Touching an old juniper or a plum tree, I feel the greatness of their high integrity.
Befriend with the seagulls and wild deer, I can forget all the plots and plans.
Once trapped in the social entanglement, not only everything seems so irrelevant.
Even my body is an extra burden.

山居胸次清洒
觸物皆有佳思
見野鶴孤雲
而起超絶之想
遇清泉白石
而動澡雪之思
撫老檜寒梅
而勁節
與之挺立
侶沙鷗野鹿
而機心與之頓忘

益瑤畫

若一入
塵寰
無論
物不
相關
即此身
亦屬
瘤贅
矣

兆良書

三十四

禅の奥義に「腹がへれば飯を食い、眠くなれば寝る」とある。また、詩作の要諦（ようてい）に「目の前の景色をふだんの言葉でつづる」とある。

そのとおりで、至高の道理はごく平凡なことの中にやどっており、至難の作法もまたごく平易なことの中から出てくるのである。ことさら意を用いるなら真実から離れてしまう。無心であれば、おのずから真実に近づくものなのである。

The Zen master says,
"Eat when you are hungry.
Go to bed when you are tired."
The word are so plain and simple with profound meaning hidden.
The more one seeks, the further one is from truth.
The truth is right here when one is not seeking.

禪宗曰
飢来吃飯倦来眠
詩旨曰
眼前景致口頭語
蓋極高寓於極平
至難出於至易
有意者反遠
無心者自近也

益溪畫

非良書

三十五

世に処するには、まず人に一歩を譲ろうとする気持ちこそが尊い。この一歩を譲ることが、後に自分が一歩をすすめるための下地になる。また、人には十全を求めるのではなく、九分ほどにとどめ、一分は寛大にして見過ごすのがよい。情けは人のためならず、とはこうした気持ちを言うのである。

It is advantageous to yield a bit in life.
A step back is a step forward.
Be lenient with others and you will be spared trouble.

處世
讓一步
為高
退步即為
進步的張本
待人
寬一分
是福
利人
實利己的根基

兆良書

益璇畫

三十六

徳を守り抜こうとすれば、ときに孤立無援の境遇に陥ることもあるが、権勢になびくなら、いっとき富み栄えはしても、ついには捨てられて永遠に痛ましい思いをすることになる。だから、ほんとうの教養人は世俗の外に真実を見、死後のわが身に思いをいたすのである。ときに孤立無援になっても、徳を守り抜くべきで、永遠に痛ましい思いをするようであってはならない。

Those who insist on integrity may be solitary temporarily. Those who hang on to corruptive power can be lonely forever. A sage looks beyond earthly possessions and lifetime. Temporary solitude is preferred over eternal loneliness.

栖守道德者
寂寞一時
依附權勢者
淒涼萬古
故達人觀物外之物
思身後之身
寧受一時之寂寞
毋取萬古之淒涼

兆良書

三十七

晴れわたった空に輝く日の光のように明らかな節義も、実際は人目にふれない場所で絶えず修養を積み重ねることで育まれてきたものなのである。

天地を一新するようなはかばかしい政策も、実際は深い淵に臨み薄い氷を踏むような万全の配慮と慎重な画策の中からやっと導き出されたものなのである。

Righteousness is often cultivated in a poor environment.
Earth-moving strategies often come from meticulous practice of a cautious life.

青天白日的節義
自暗室屋漏中培來
旋乾轉坤的經綸
自臨深履薄處操出

三十八

公正な道理や正当な意見には、けっして難くせをつけたりするものではない。それがちょっとした気の迷いからであっても、恥を後々まで残す破目(はめ)になる。今をときめく権力者や利権集団には、けっして近づいてはならない。それがほんの出来心からであっても、一生涯汚れに染まることになる。

Don't violate public justice, or you will be shamed forever. Don't step in the private power circles, or you will never clear your name.

公道正論
不可犯手
一犯則貽羞萬世
不可着脚
一着則點汚終身
益瑤畫
非良書

三十九

興趣がわくと、かぐわしい草の原を杖を友にしてのんびりと歩くが、野鳥たちは少しの恐れる様子もなく付き随ってくる。
みごとな景色を前にすると、散る花の下で襟元をひらいて独り坐っているが、白い雲たちは何も言いはしないが、わが傍らにゆっくりと流れてくる。

I take the opportunity and walk gently in the meadow, birds keeping me company.
Let the scenery merge with my mind.
I sit on the fallen petals.
Clouds all drift away without a word.

興遊時来
芳草地携杖閑行
野鳥忘機時作伴
景與心會
落花下披襟兀坐
白雲無語漫相畱

益瑶畫

兆良書

四十

故旧忘るべからず。昔なじみとは、気持ちも新たにいっそう親しくするようにしたい。

人の目のとどかぬところでは、いよいよ心持ちを公明正大にして事にあたるようにしたい。

落ち目になった人には、礼儀に欠けることなく、とりわけ温かく接するようにしたい。

Meet old friends with a fresh mind.
Staying as a hermit, one has to have an open mind.
Treat old folks with the highest respect.

遇故舊之交意氣要愈新
處隱微之地心迹宜愈顯
待衰朽之輩恩禮當愈隆
益瑤畫
非良書

四十一

なごやかな家庭には、ほんとうの仏がやどっており、つつましい日常は、ほんとうの道士がにこやかに見守っているものである。
お互いが真心を通わせ合うなら、和気あいあいとして笑顔があふれ、親子兄弟の間柄は身も心もひとつになる。こうした家庭は仏教の座禅や道教の養生などより万倍もすぐれた修養の道場であるといえる。

We need a true “Buddha” in a family and true “Dao” in daily life.
Be kind and soft in words.
Let your parents and brothers relaxed and communicate.
That is a thousand-fold better than meditation.

家庭有個真佛
日用有種真道
人能誠心和氣
愉色婉言
使父母兄弟間
形骸兩釋
意氣交流
勝於調息
觀心萬倍矣

兆良書

四十二

人生の波風の中で時に穏やかに和いだときにこそ、人間の真のすがたが現れるものである。

美味妙声には心が動かされるとはいっても、淡白な味を知り静かな音色を耳にするときにこそ、人の心の本来のありようが知れるのである。

True life is found in a quiet sea with light breezes.
True self can be found in simple living.

風恬浪静中
見人生之真境
味淡聲希處
識心體之本然

四十三

欲の深い者は、金を分け与えても玉が得られないのを恨み、王侯貴族に封じられるまで恨み言が絶えない。こんなありさまでは、いくら豪奢を誇っても、その心根は乞食も同じではないか。

足ることを知る者は、あかざの汁でも美食とこころえ、木綿のどてらでも十分に温かいと感じるものである。一介の庶民であっても、こうした心ばえがあれば、王侯貴族よりも満ち足りた生活ができる。

A greedy person would love to have more jade when he got plenty of gold.
A prime minister would love to own the nation.
The powerful and wealthy are no more than beggars.
When one stops at basic needs, a vegetable meal is better than a banquet.
A cotton gown is warmer than furry coats.
A commoner is no less powerful than the nobleman.

貪得者分金恨不得玉
作相怨不封侯
權豪自甘為乞丐
知足者藜羹旨於膏粱
布袍暖于狐貉
編氓何讓於王公
兆良書

益謙畫

四十四

雨あがりに山の景色をながめると、風景はひときわ鮮やかで美しい。
静かな夜に山寺の鐘の音を聞くと、音色はいっそう澄んで涼やかに聞こえる。

The mountain after the rain is so refreshing.
The bell in the midst of the night is so reverberating.

雨餘觀山色
景象便覺新研
袒靜聽鐘聲
音響尤為清越
非良書
益瑤畫

四十五

心が揺るがずに平静でありさえすれば、いつでも山中の緑蔭にある心境でいられる。
心をひろく持って万物を受け入れ育てはぐくむ心構えがありさえすれば、どこでも魚が躍り鳶（とび）が飛ぶような自由自在な心境になれる。

If you keep your mind away from waves and storms, all you will see is green and abundance.
Be nurturing and everything is lively.

心地上無風涛随在皆青山緑樹性天中有化育触處見魚躍鳶飛

非良书

四十六

豪家のお坊ちゃんは、欲望ばかりが火のように盛んで、権力欲は炎にも似てとどまるところを知らない。そんなありさまで、頭を冷やそうとする気がないなら、その火と炎は人を焼きつくすのでなければ、必ず自分を焼きほろぼしてしまうものなのである。

Living among the rich, desire and power are like flaming blaze.
Without keeping cool, one would either burn others or oneself.

生長富貴叢中的
嗜欲如猛火
權勢如烈焔
若不帶些清冷氣味
其火焔若不焚人
必將自爍矣
非良書

孟樸畫

迴避

肅靜

四十七

気候の暑さ寒さは避けることもできようが、人情の熱さ冷たさは避けるのが難しい。といって、人からの好悪はなんとか振り払えても、わが心のうちのあるいは氷となり、あるいは炭火となる激しい感情はどうにも制御が難しい。だから、思い切って、この激しい感情を除き去ってしまうことだ。それができれば、心中はすっかり和らいで、自然と春風がそよぐような心境になれるのである。

One can easily avoid weather changes, but not the mistreatment by other people. One can avoid the mistreatments of other people, but not the sentiment in one's mind.
Once the sentiment is removed, there is peace and joy everywhere.

天運之寒暑易避
人世之炎涼難除
人世之炎涼易除
吾心之冰炭難去
去得此中之冰炭
則滿腔皆和氣
自隨地有春風矣

益瑤畫

非良書

山林は隠棲するのにふさわしいところであるが、やれ庵(いおり)はどこに、庭はどうのとこだわり始めると、たちまち俗世のちまた同然のところになってしまう。

書画は鑑賞するのにふさわしいものであるが、やれ作者は誰の時代はいつのと凝り始めると、骨董屋も同然の収集家になってしまう。

すべて執着心のなせるわざで、執着さえなければ、俗世も仙郷となり、執着があれば、安楽郷もまた苦海に変じてしまうのである。

The scenic mountain is a great site for visiting.
Once indulged in it, you are just like going back to the noisy market.
Calligraphy and paintings are nice art for appreciation.
Once indulged, you are merely a merchandiser.
A little desire without indulgence is paradise.
With an impure mind, any paradise becomes hell.

益瑤畫
山林是勝地
一営恋成市朝
書畫是雅人
一貪痴便成商賈
盖心無染着
欲界是仙都
心有挂牽
樂境成苦海矣
非良書
146

四十九

まばらに生えた竹の藪（やぶ）を風がわたると、いっとき葉ずれの音が鳴ったあとは、またもとの静かな竹藪にもどる。

雁が冷たく澄んだ湖の上を飛ぶと、いっとき湖面に影が落ちたあとは、またもとの平らかな湖にもどる。

同じことで、ほんとうの教養人は事が生じてはじめて対応する心があらわれるが、事が終われば何事もなかったかのように、またもとの空（くう）に帰する。けっして事々に執着することがないのである。

The bamboos after a breeze remain silent.
A pond has no trace of the goose already flown off.
A gentleman would take care of matter as it comes and let go when it is done.

風来疏竹
風過而竹不留聲
鴈度寒潭
雁去而潭不留影
故君子事来
而心始現
事去而心随空

非良書

益溪写

52

五十

ひどい仕打ちや貧窮の苦難は、一個の英雄を鍛える炉(ろ)のようなものである。この炉中の試煉によく耐えれば、身心両面で益があり、耐えられずに屈してしまえば、身心両面を損なうことになる。

Adversity and poverty are the hammers for tempering heroes.
Those who can endure will benefit.
Those who cannot will suffer.

横逆困窮
是鍛煉豪傑
的一副爐錘
能受其鍛煉
則身心交益
不受其鍛煉
則身心交損

五十一

私情にうち克ち、私欲を制御する方法は、それを早くに知らなければ、うち克ち制御することもままならないと言う者がいる。一方で、知ってはいても、実際に行うとなると難しいと言う者がある。

思うに、知ることは悪魔の正体を見破る宝珠のはたらきと同じで、実際に行うことは悪魔を断ち切る宝剣のはたらきと同じなのではないか。この二つのはたらきは、どちらも欠くことができないものである。

Suppressing desire requires knowledge.
To be unmoved by desire requires will power.
Knowledge is a pearl that reveals all evils.
Will power is a sword that slashes all evils.
Both are needed.

勝私制欲之功
有曰識不早
力不易者
有曰識淂破
忍不過者
蓋識是一顆
照魔的明珠
力是一把
斬魔的慧劍
兩不可少也

非良士

五十二

谷間の松林を杖を引いて独り行けば、立ちどまるところ、わが破れごろもに雲がまつわり生じる。

竹が生い茂る窓辺に書物を枕にして眠れば、ふと目覚めると、わが破れだたみに月の光が差し込んでくる。

In solitude with my walking cane, I stroll along the creek lined with pine trees.
I stop by where the clouds seem to evolve from within my clothing.
I doze over my book by the window, shadowed by the bamboos.
Awaken by the breeze, I am immersed in moonlight.

松澗邊携杖獨行
立處雲生破衲
竹窗下枕書高臥
覺時月浸寒氈

兆良書

黃瑤畫

五十三

たとえ一事物であっても、その中にひそむ真の意味を理解することができれば、遠くにある名勝の風景でさえすべてわが心中に描き入れることができる。目先の一現象であっても、そこに顕(あらわ)れる天機を見抜くことができれば、昔々の英雄たちでさえすべてわが心中に招き入れることができる。

When one knows how to live, one's mind is filled with all the sceneries of the world.
When one knows the vain of life, all heroes of history are just ordinary people.

會得個中趣
五湖之烟月
盡入寸衷
破得眼前機
千古之英雄
盡歸掌握

益瑤畫

非良書

133

五十四

人のささいな過ちは責めたてない。

人の私事をあばきたてない。

人の旧悪を根に持たない。

この三つのことを実行するなら、それで自分の徳を養うこともでき、人の恨みをかうような
災いから遠ざかることもできる。

Don't pick others on minor mistakes.
Don't reveal other's privacy.
Don't recall other's faults.
With these three, you can cultivate virtue and distant yourself from harm.

不責人小過
不發人陰私
不念人舊惡
三者可以養德
亦可以遠害

五十五

幸福は求めて求められるものではない以上、ふだんから楽しい気持ちを保ちつづけるようにして幸福を招き寄せる手立てとしよう。
災禍は避けて避けられるものではない以上、何ごとにも心を荒立てることのないようにして災禍が遠ざかる工夫としよう。

Blessing cannot be acquired; it is earned by cultivating happiness.
Misfortune cannot be avoided, but just keep away from destruction and distant yourself from misfortune.

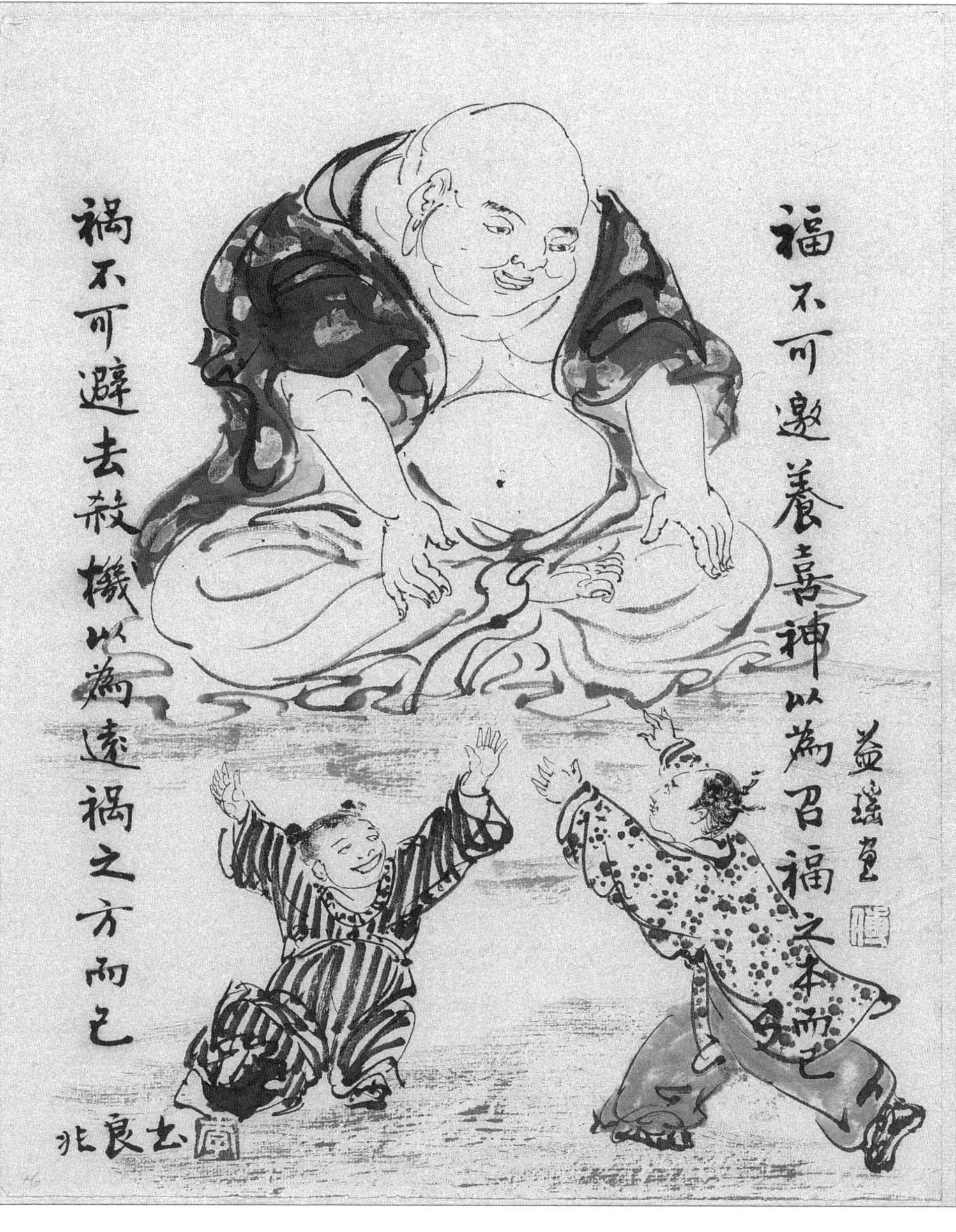
福不可邀養喜神以為召福之本而已
禍不可避去殺機以為遠禍之方而已

この俗世に身を置くなら、他の人より一段だけ高いところに立つほかない。でないと、塵中に衣(ころも)のちりをはらい、泥中に足をあらうようなもので、ちりにまみれ、泥によごれてしまう。それではどうして俗世を超越することができようか。

また、この俗世に身を置く以上、他の人より一歩退いて控えるほかない。でないと、蛾や羽(は)虫(むし)が灯火に飛び込み、牡羊(おひつじ)がまがきに角を突っ込むようなもので、火に焼かれ、まがきに捕らえられて進退きわまってしまう。それではどうして平穏な日々をおくることができようか。

Being without high moral standards is like dusting one's clothes in dust and washing one's feet in mud.
There is no way to escape from trouble.
Not knowing when to retreat is like moths swarming on candles, and goats ramming the fence.
How can one find peace?

立身不高一步立
如塵裏振衣
泥中濯足
如何超達
處世不退一步處
如飛蛾投燭
羝羊觸藩
如何安樂

非良书

益瑤画

五十七

湖面は波が立たなければやがて平らかになり、鏡はちりやほこりで翳(かげ)らなければもともと明らかなものである。

だから、人の心もしいて清くするには及ばない。心を濁らすものを払い去れば、もともとの清らかさがあらわれてくる。楽しみも外に求めて出かけて行くには及ばない。心を苦しめているものを除き去れば、自然にもともとの楽しみがあらわれてくる。

Water without waves is naturally calm.
Mirrors without dust are naturally reflective.
The peacefulness of a person's mind is revealed when he rids himself of all the attachments.
One doesn't need to pursue happiness; when the factors of pain disappear, happiness is naturally there.

水不波則自定
鑑不翳則自明
故心無可清
去其混之者
而清自現
樂不必尋
去其苦之者
而樂自存

五十八

功績も知識もその身が滅びれば失われてしまうが、人の精神は日に日に新しく生きつづける。

名声も富貴も世の中が移り変わればやがて価値のないものになってしまうが、人の気骨は一日たりとも変わらずに貴い。

だから、ほんとうの教養人は一時の価値をもって永遠の価値と取り替えるようなことは、けっしてしないものなのである。

Accomplishments and literary works may be destroyed at one's death, yet their spirit lives on forever.
Titles and fortune may change over time, but the nobility of righteousness may stay on.
So, a gentleman would not exchange one for the other.

事業文章
随身銷毀
而精神萬古如新
功名富貴
逐世轉移
而氣節千載一日
君子信不當
以彼易此也

益謙畫

非良書

五十九

天地は寂々として動かないが、その間にある陰陽二気のはたらきは絶えず動き、少しもとどまることはない。

日も月も昼夜をわかたず運行しているが、その明らかな光は永遠に変わることはない。

だから、ほんとうの教養人は、たとえ時間をもてあましていようとも、さし迫った時の心の準備ができており、多忙をきわめている時にも、心のゆとりを残しているものなのである。

The universe seems motionless, yet not a moment is it at rest.
The sun and moon race everyday, yet their lights remain unaltered for ages.
A scholar should keep the mind busy when at leisure, and maintain a relaxed state when busy.

天地寂然不動
而氣機無一息少停
而貞明則萬古不易
故君子閑時
要有吃緊的心思
忙處要有
悠閑的趣味

非良書

益瑤畫

六十

富貴であれ名誉であれ、それが徳望によって得られたものなら、ちょうど山林に咲く花のようで、枝葉を広げて十分に繁茂する。

それが功労によって得られたものなら、ちょうど鉢植えや花壇の花のようで、主の気持ち次第で移植され時には掘り返されて、やがては棄てられてしまう。

それが権力に取り入って得られたものなら、ちょうど花瓶に生けた花のようで、根がないのだから、たちどころに萎れてしまう。

Fortune and reputation are like flowers.
Built from righteousness, they would propagate like wild flowers.
Built from a job, they migrate from place to place like potted flowers.
Built from playing power games, they are like cut flowers in a vase.
Without roots, they wilt quickly.

富貴名譽自道德来如山林之花自是舒徐繁衍自功業来者如盆檻中花便有遷徙廢興若以權力得者如瓶鉢中花其根不植其萎可立待矣

益瑤畫

兆良書

六十一

思いどおりにならないからといって、気に病んではならない。
わが意を得たからといって、むやみに喜んではならない。
今が安穏だからといって、今の立場を頼みにしてはならない。
最初に困難にぶつかったからといって、すぐに気後れしてはならない。

Don't despair when in trouble.
Don't be overjoyed when things are smooth.
Don't count on long stability.
Don't be afraid of difficulties in launching something new.

毋憂拂意
毋喜快心
毋恃久安
毋憚初難

六十二

片いなかの農夫は、黄鶏（かしわ）の肉や濁り酒の話をすれば、もうそれだけで満面の笑みがこぼれるが、王侯貴族の豪華な食卓などは知るよしもない。

また、綿入れの冬着やこざっぱりした仕事着の話をすれば、もうそれだけで楽しくてしかたがないといった素振りになるが、王侯貴族の礼服などは知るよしもない。

人としての天性が少しも損なわれていないからで、欲といっても淡白このうえないのである。

これこそが人生最高の境地であるといえる。

The peasants and villagers are contented with white wine and chicken, while ignorant of gourmet banquets.
They are happy with plain clothes and brown shorts.
When asked about emperor's garments, they are lost.
Their desires are so minimal and natural, their life so heavenly.

田父野叟語以黃雞白酒則欣然喜問以鼎食則不知語以縕袍裋褐則油然樂問以袞服則不識其天全故其欲淡此是人生第一個境界

兆良志

益瑤畫

六十三

春ともなれば、無心の花や鳥でさえ、美しく咲き競い、楽しげに鳴き交わす。

運よく地位に恵まれて要路を占め、人生の春に逢(あ)いながら、どうして世のために立派な建言をし、人のために立派な仕事をしようとしないのか。それではたとえ百年の長寿をまっとうしたとしても、一日たりともほんとうに生きたとは言えないではないか。

In the cheerful springtime, all flowers show their best colors and birds sing their best songs. A scholar with reputation and affluence has not lived without leaving his legacy.

春至時和
花尚鋪一段
好色鳥且
囀幾句好音
士君子幸列
頭角復遇
温飽不思
立好言行好事
在世百年恰似
未生一日

非良書

自然の風光は、たとえば夏山の狭霧（さぎり）、湖上のさざなみ、池にうつる雲の影、草原のかげろう、月下の花、風になびく柳の枝に代表されよう。たしかに存在するのだが、時の移ろいとともになくなってしまう。人はこうした自然の風光に接し、心うばわれ魂をゆさぶられる。自然の中にこそ、造化の神秘がこめられているのである。

Of all the sceneries, the bluish haze in the mountains, the ripples of water, the image of clouds on the pond, the mist over the reeds, the flowers under the moon, the willow swaying in the breeze are most pleasantly attractive.
Their beauty lies in the existence between reality and illusion.

天地景物
如山間之空翠
水上之漣漪
潭中之雲影
草際之烟光
月下之花容
風中之柳態
若有若無
半真半幻
最足以悅人心目
而豁人性靈
真天地間一妙境也

非良書

益瑤畫

六十五

鐘や太鼓は、その体は虚ろなのに、よい音が出るために撞かれたり打たれたりする。

鹿は、自由に山野を走りまわっていたのが、餌に誘われて捕えられると、くつわやおもがいで繋がれてしまう。

このことから、名声は禍のもとであり、欲望は修養のつまずきであることがわかる。道に志すなら、名声や欲望を払い除くことから始めなければならない。

Drums and bells are beaten because they make sounds. Wild deer are captured in domestication because they are lazy to find their own food. Fame is the cause of misfortune. Desire is the cause of degeneration. A scholar should resist them decisively.

鐘鼓體虛
爲聲聞而招撞擊
麋鹿性逸
因豢養而受羈縻

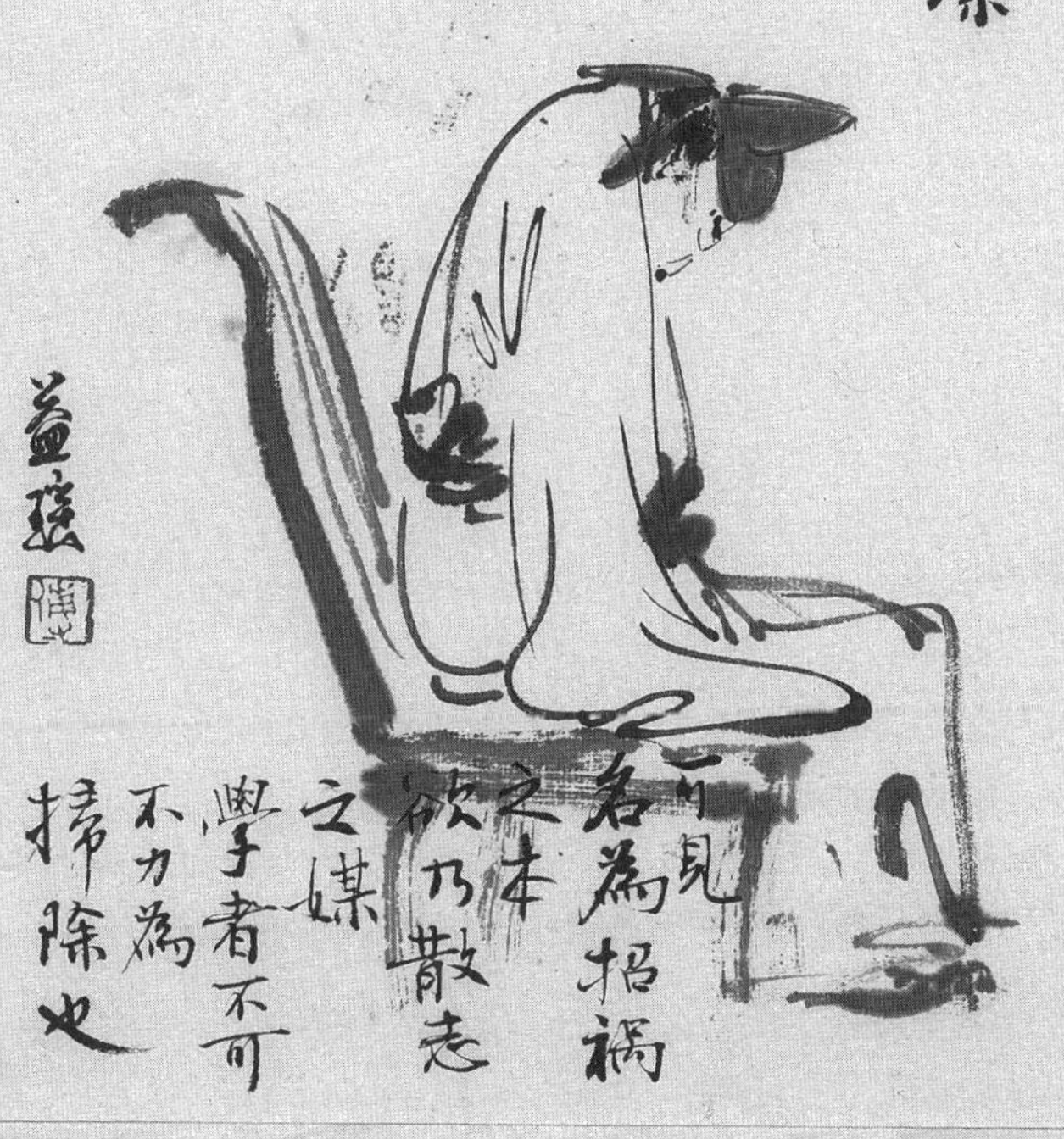

六十六

鶏群の一鶴はたしかに飛び抜けて優れていよう。しかし、この鶴も、大海に遊ぶという鵬（おおとり）を目の前にしたら、自分がどれほど小さな存在であるかがわかるし、天空高く舞う鳳凰と比べれば、相手はまるでそびえたつ山のような存在であることがわかる。

だから、十分に道を修めた者は、まるで存在しないかのように虚（うつ）ろで、どのような才能も功績も、けっして誇示しようとはしないのである。

A crane may seem superior among chickens, but it is dwarfed by the great bird Peng soaring over the ocean.
It is even further trivialized by the Phoenix surfing high in the unreachable space.
So an extraordinary person always tries to be humble and empty.
The most educated usually refrains from being snobbish and aggressive.

鶴立鷄群可謂超然無侶矣
然進而觀於大海之鵬則眇然自小
又進而求之九霄之鳳則巍乎莫及
所以至人常若無著虛而盛德多不矜不伐也

兆良書

益瑞畫

結局のところ、人は質朴で率直なのがよい。利口ぶったとて何の取り柄になろう。そうして、天地の正気をいくらかでも身にとどめ、死ぬ時にはそれを天地に返すようにしたいものだ。

また、質素で淡白な生活に甘んじるのがよい。はでな生活を誇ったとて何の手柄になろう。そうして、清らかな名が後世に残るようにありたいものだ。

Be a little less witty and stay away from astuteness, save some righteousness for the world.
Be rid of extravagance and lead a simple life, save an untainted name in history.

寧守渾噩
而黜聰明
留些正氣
還天地
寧謝紛華
而甘淡泊
遺個清名
在乾坤

六十八

世の中の人々は文字でしるされた書物を読むことはできても、文字のない書物は読むすべを知らない。

また、弦のはられた琴を弾くことはできても、弦のない琴は弾くすべを知らない。

すべて形にとらわれて、文章の奥にあるもの、音色の奥にあるものを知ることができないからである。こうした目に見えるものだけにとらわれて目に見えぬ精神を用いようとしないなら、どうして書物や琴のほんとうの趣きを理解することができよう。

People know how to read a book with words but not a book without words.
People know how to play a stringed instrument, but not one without strings.
If you only know how to recognize something practical and nothing spiritual, how can you appreciate the wonders of music and books?

人解讀有
字書不解
讀無字書
知彈有弦琴
不知彈無
弦琴以迹
用不以神用
何以淂琴
書佳趣

六十九

つるべの縄も長い間には井桁(いげた)をこすって、ついには桁の木を断ち切ってしまう。したたり落ちる雨だれも長い間には石をうがって、ついには穴をあけてしまう。

修養は一心に努め励むことが肝要で、そうして水が流れて自然に溝ができるように、また瓜が熟して自然に蔕(へた)から落ちるように、悟りはただ天の自然なはたらきに任せればよいのである。

A rope can saw off a wooden log.
Water can puncture a piece of rock.
A scholar should seek truth with perseverance.
A canal is complete when the water arrives.
A melon will fall when it is ripen.
To know the way of the universe, one just needs to follow nature.

縄鋸木斷水滴石穿
學道者須加力索
得道者一任天機
水到渠成瓜熟蒂落

非良書

益蓀畫

七十

この世界のあらゆる事は、やはり自ら身をもって当ってみることが必要である。そのうえで、時が来たら、身を退くことができなければならない。

身をもって当らなければ、経世の事業は成しとげられないが、身を退くことができなければ俗世に埋没してしまい、出世間の機会を失うことになる。

We need to accept the challenge of responsibilities as well as to relinquish them.
Without responsibilities, there is no legacy.
Without relinquishment, there is constant limitation.

宇宙内事
要力擔當
又要善擺脱
不擔當則
無經世之事業
不擺脱
則無出世之襟期

非良書

七十一

琴を奏で、書を読み、詩を作り、書画を嗜(たしな)むことで自らの精神を養うことができるのは、ほんのわずかな人たちだけである。多くは、その外面的なすばらしさを称賛するにすぎない。

山や川、湧く雲、流れる雲を目にすることで自らの学識を深めることができるのは、ほんのわずかな人たちだけである。多くは、その景色の美しさにただ見とれているにすぎない。

同じ事物でも、その価値の高低は接する者の見識によって決まるのである。だから、書を読み道理を究めようとするなら、内実を見抜く見識をしっかり身につけることから始めなければならない。

Music, books, poems, and paintings nurture a scholar's mind, whilst a common fellow only enjoys the superficial.
Mountains, rivers, clouds, and scenery enrich intellectual's knowledge, yet an ordinary person only appreciates the image.
Nothing defines anything.
It is all subject to one's comprehension.
So, to pursue knowledge, one needs to have insights.

琴書詩畫
達士以之養性靈
而庸夫徒賞其
迹象山川雲物
高人以之助學識
而俗子徒玩其光華
可見事物无定品
隨人識以為
高下故讀書窮理
要以識趣為先

非良書

芸隱畫

千載一遇のめぐり逢いといったら、それは読書好きの良い友に出会うことである。
生涯にわたる清らかな幸福といったら、それは一碗の茶をわかす炉からたちのぼる煙のように身を静かな環境に置けることである。

An acquaintance in a thousand years is no better than a good book and a good friend.
A good life lies in just a cup of good tea brewing over the stove.

千載奇逢
無如好書良友
一生清福
只在碗茗爐烟
非良書

七十三

古今の人物や古今の出来事を、さながら両の掌でつかむように把握しおえたなら、それはそれまでのこと、両の掌を開くように何のこだわりもなくあるがままに戻すのがよい。

一夜のすがすがしい風とくまなく照らす月明かりを、さながら一本の竹の杖で掲げるように鑑賞しつくしたなら、それはそれまでのこと、重い荷を降ろして肩を休めるように、何の未練もなくまたもとの日常に戻るのがよい。

Two empty fists may have a grip on history, but you have to let go one day; A bamboo stick can haul all the responsibilities, but you have to let it down one day.

益瑤畫

兩個空拳握古今
握住了還當放手
一條竹杖挑風月
挑到時也要息肩

非良書

七十四

ほんとうにみごとな文章は、何の奇抜な技巧も弄さず、ただぴったりとした表現がなされているだけである。

ほんとうに立派な人格は、特別変わった様子があるわけではなく、ただ人間本来の真性がそなわっているだけである。

An excellent text is nothing particular but just appropriate. A excellent personality is nothing special but just natural.

益瑶畫
文章做到極處
無有他竒
只是恰好
人品做到極處
無有他異
只是本然
兆良書

七十五

花は五分咲きがよく、酒はほろ酔いがよい。この中に何ともいえぬ味わいがある。花は満開がよく、酒は浴びるほど飲むというなら、かえって醜態をさらすことになる。人生の絶頂にある者は、よくよくこのことに思いをいたすべきである。

Flowers are prettiest at half bloom.
Wines are at their best when we are half drunk.
We should avoid stretching everything to the limit.

花看半開酒飲微醉此中大有佳趣
若至爛漫酕醄便成惡境矣履盈
滿者宜思之

兆良書

益瑗畫

七十六

名誉にも恥辱にも動じることなく、心静かに庭先の花が開きやがて散るのを眺めているようでありたい。

地位に留まるにも離れるにも、空の雲が巻きまた延び広がるのと同じように運命のおもむくままに平然としているようでありたい。

Don’t be disturbed by fortune or misfortune.
Be relaxed.
Flowers can bloom and wilt.
To be or not to be needs no hard decision.
Take it natural.
Clouds flow low and high.

寵辱不驚
閑看庭前花開花落
去留無意
漫隨天外雲卷雲舒

益瑶畫

非良書

地位の高い人や目上の人には畏敬の気持ちをもたなければならない。畏敬の気持ちをもつことで、自分の勝手気ままでいたいと思う心を抑えることができる。下々に対してもやはり畏敬の気持ちで接するべきである。畏敬の気持ちで接することで、双方に親しい感情が生まれ、横暴であるという悪評から遠ざかることができる。

Don't be afraid of people higher up, or you won't be relaxed. Don't be afraid of little people, or you won't be courageous.

大人不可不畏
畏大人則無放逸之心
小民亦不可不畏
畏小民則無豪横之名
益瑤畫

七十八

日が落ちても夕焼けはなお美しく照り映える。歳の暮れに、橙や蜜柑は黄色く色づいて芳しい香りを放つ。

だから、ほんとうの教養人はその晩年にこそいよいよ精神を振るいたたせて有終の美を飾るのである。

The sky is most beautiful just before sunset.
The citrus fruits are most fragrant at year-end.
A scholar should be even more vigorous at setbacks and older age.

日既暮而猶烟霞絢爛
歲將晚而更橙桔芳馨
故末路晚年
君子更宜精神百倍

兆良書

益瑤畫

七十九

生きてある時は、かなう限り心を広くして人のために尽くし、不平不満を抱かれないようにしたい。

死後も、かなうなら恩恵が末長く伝わって人々に慕われるようにありたいものである。

Be forgiving and leave a leveled field for others.
Be giving and leave gratitude unpaid.

面前的田地
要放淂寛
使人無不平之嘆
身後的恵澤
要流淂長
使人有不匱之思
益瑶畫

八十

雁がまだやって来ないのに弓矢を引きしぼって待ったり、兎がもう逃げてしまったのにもう一度矢をつがえてねらったりするようでは、およそ時機というものがわかっていない。
風がやめば波はおのずから収まるもの。船が岸に着くとすぐに人々が船から下りるように、ものごとは時機を見ておさめるのが賢明というものである。

Stretching the bow when the goose is not yet here, drawing the arrow when the rabbit is already dead, such is called inopportune timing.
Don't make wave when the wind has subsided.
Disembark as soon as the boat is ashore.
This is the proper way to act.

鴻未至先援弓
兎已亡再呼犬
總非當機作用
風息時休起浪
岸到處便離船
才是了手功夫

八十一

高位高官の地位にあっても、林中に隠棲しているようなおもむきを失ってはならない。そうあってこそ、ふさわしい風格というものがあらわれる。

林中に隠棲していても、天下国家を論じるだけの見識を失ってはならない。そうでなければ、ただの世捨て人になってしまう。

While living in affluence, one should have the thrift of a hermit.
While escaping the vanity of the world, one should maintain the perspective of a world leader.

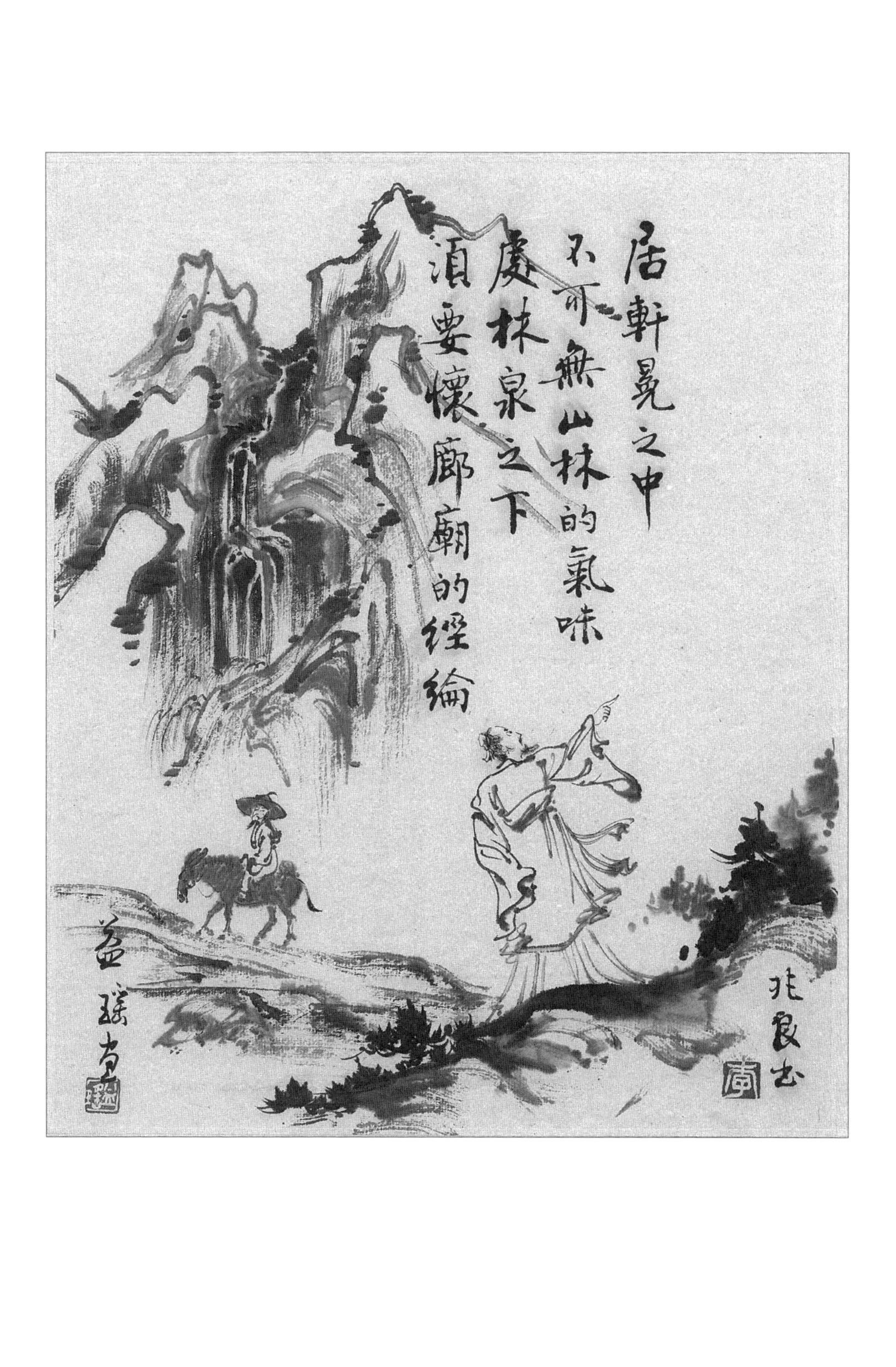

居軒冕之中
不可無山林的氣味
處林泉之下
須要懷廊廟的經綸

八十二

多くの者は、名誉や地位がどれほど心地よいものであるかを知るだけで、名誉や地位がない者が知るほんとうの楽しみには思いいたらない。
また、飢えと寒さがどれほど辛いものであるかを知るだけで、衣食にこと欠かないお大尽が抱くほんとうの辛さには思いいたらない。

People rejoice about status, not knowing the true happiness is without status.
People worry about hunger and cold, not knowing that those without hunger and cold may have more trouble.

人知名位為樂
不知無名位之樂為最真
人知飢寒為憂
不知不飢不寒之憂
為更甚

兆良書

益瑶畫

八十三

狭い小径では、一歩よけて人に道をゆずり、これは旨いと思った料理は、自分のぶんを三分減らして人の口腹にゆだねる。
こうした心掛けこそ実は人生を難なく渡るこつなのである。

On a narrow path, step aside to let others pass.
At a gourmet banquet, share your delicious dish with others.
This is the way to gain a happy life.

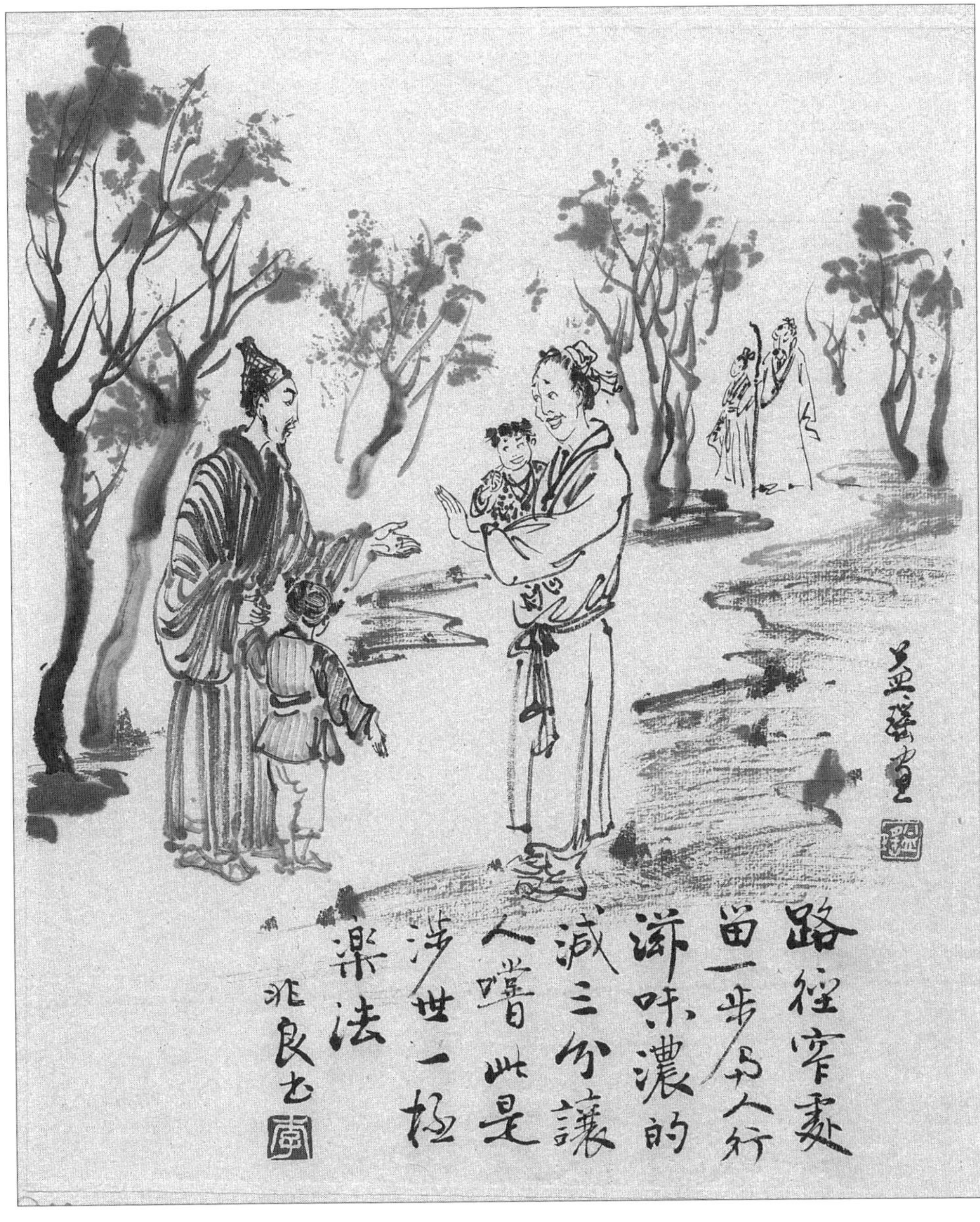
路徑窄處
留一步與人行
滋味濃的
減三分讓
人嚐此是
涉世一極
樂法

階(きざはし)のたもとの木で鳥がさえずりかわすと、赤い花びらはひとひらまたひとひらと散る。そこに詩情を感じとることができるなら、目にするもの耳にするものすべてが詩の題材になろう。

窓の外にのぞく青い空に白い雲が美しく映える。そこに悟りをひらくことができるなら、目にするもの耳にするものすべてが禅の境地につながろう。

A few fallen petals and leaves down the steps are subjects for poems.
A few clouds and the blue sky are Zen lessons for those enlightened.

階下幾點
飛翠落紅
收拾來
無非詩料
窗前一片
浮青映白
悟入處
盡是禅機

八十五

人生の幸せも禍も、すべては心の持ち方次第である。だから釈尊も「利己心や欲望が燃えさかるなら、それはさながら焦熱地獄のようであり、貪欲や執着におぼれるなら、それはさながら苦海に沈むのにもひとしい。その時、心さえ清浄ならば、燃えさかる火も涼やかな池となり、その時、心さえ覚めていれば、船は苦海を渡って悟りの彼岸に行き着く」とおっしゃられた。

心の持ち方ひとつで、幸不幸の境界はすっかり変わるものなのである。よくよく考えて慎まねばならない。

Fortunes and misfortunes are all resulting from decisions. Buddha Shakyamuni says, “Money and desire are burning fire pits. It is easy to indulge in the ocean of sorrow. With a clear mind, fire pits can become ponds and understanding can let you land on the other side of the ocean”.
A slight difference in decisions results in a totally difference outcome.
Shouldn’t one be careful?

人生禍區福境皆念想造成
故釋氏云利慾熾然即是火坑
貪愛沈溺便成苦海
一念清淨烈焔成池
一念驚覺航登彼岸
念頭稍異境界頓殊
可不慎哉

兆良書

益瑞畫

八十六

ほんとうの道を志す者は、何度挫折しても退かない真の志があってはじめて、どんな状況の変化にも行き詰まることのない適応力を身につけるようになるものなのである。

A scholar has the unbending perseverance to encounter constant changes.

士人有百折不回之真心
才有萬變不窮之妙用

八十七

飼うことのできる龍などはほんとうの龍ではない。

捕えることのできる虎などはほんとうの虎ではない。

同じことで、栄誉や昇進を望む者は爵位や俸禄を餌にして手なづけることもできようが、無欲の人はそうした餌には見向きもしない。

また、高い地位は、恩寵を望む者には何よりの魅力であろうが、世俗の栄達から遠くはなれた清廉の士にはどれほどの影響も及ぼすことができない。

A dragon is not a true dragon if it can be domesticated.
A tiger is not a true tiger if it can be trained to fight.
A title or two may tempt those with vanity, but not those with little material desires.
Torture may overcome those looking for monetary reward, but not those with great aspiration.

龍可豢非真龍
虎可搏非真虎
故爵祿可餌榮進之輩
必不可籠淡然無欲之人
鼎鑊可及寵利之流
必不可加飄然遠引之士

八十八

一字も識（し）らぬ者でも詩心があるなら、それは詩のほんとうの豊かさを心得ているのである。一偈（いちげ）の伝授も受けておらぬ者でも禅の妙味を知るなら、それはほんとうの禅の教えを体得しているのである。

An illiterate could be truly poetic.
A commoner may know all about Zen.

一字不識而有詩意者
得詩家真趣
一偈不參而有禪味者
悟禪教玄機
北良书

八十九

色絵筆を空中で揮(ふる)ってみても筆は空(くう)に何の色もつけることはなく、空(くう)もまたどんな色に染まることもない。

鋭い刀で水を切り裂いてみても、刀の刃は欠けることはなく、水もまたどんな跡も残すことはない。

このように、心を虚しくして世の人々と交わるなら、お互いの気持ちにかない、こちらの心と相手の心を隔てるものもなくなってしまう。

Drawing the sky with a paintbrush needs no color and the sky is not colored. Splitting water with a sharp knife does not wear the knife nor scratch the water. Use the same idea to deal with life, and you shall be most comfortable with your mind and your environment.

益瑶
彩筆描空筆不落色而空亦不受染利刀割水刀不損鍔而水亦不留痕得此意以持身涉世感與應俱適心與境兩忘矣
非良書

九十

魚を捕えようとして張った網にあろうことか大きな雁がかかる。

蝉（せみ）を捕えようとしてねらう蟷螂（かまきり）のうしろには雀（すずめ）が今しとばかり態勢を整えている。

人間社会も同じことで、自分がしかけたと思ったわなの中に、また別のわなが隠されており、

異変の外にまた異変が生じる。

だから、賢（さか）しらや浅知恵などは何の用もなさぬことを、よくよく知るべきである。

The goose falls in a net that is meant for the fish.
A mantis sneaking up on another insect falls prey to the bird behind it.
A trap may have other traps inside.
One change can bring about another change.
Cleverness is nothing to depend on.

魚網之設
鴻則罹其中
螳螂之貪
雀又乘其後
機裏藏機
變外生變
智巧何足恃哉

非良書

益瑶畫

九十一

この世の成敗や得失は、ちょうど碁や将棋の勝負に似ている。勝ち負けに執着しない者が達人なのである。

人の一生は、ちょうど素焼きの深鉢にも似ている。打ち割ってみてはじめて、それがもともと空（くう）であったことがわかるのである。

The world affairs are like a chess game.
Only experts can see that when there is no more move necessary.
Life is like a clay pot, revealing true emptiness when shattered.

世事如棋局
不着得
才是高手
人生似瓦盆
打破了
方見真空

非良書

益瑞畫

すべてはかりそめの姿だとするのもまた正しい悟りではない。といって、かりそめの姿にとらわれてしまうのも真実の生き方ではない。

釈尊（しゃくそん）はどうおっしゃっているか。

「在家であれ出家であれ、欲望にしたがうのも苦、欲望を断ち切るのも苦。悟りは一人ひとりの修養の中からおのずと得られるものである」と。

True emptiness is not empty.
Holding on to a superficial image is not real, but neither is abandoning it.
Sir, please let me know what to do?
While one may exist in this world, one can reach out beyond.
Indulgence in desire is pain, so is abstention.
My friend, it is up to you to cultivate your own virtues.

真空不空執相非真破相亦非真問世尊如何薦付
兆良書

修養の結果悟りをひらいた者にしてはじめて、この世の万物をあるがままにまかせきることができる。
天下のことを天下の万民にまかせた者にしてはじめて、この俗世間にありながら俗世間を超越することができる。

I only have one life and one body to live.
So I appreciate the value of other living beings.
Everything I take from nature eventually reverts to nature.
So there is nothing to tie me down.

就一身了一身者
方能以萬物付萬物
還天下於天下者
方能出世間於世間

兆良書

九十四

悪党や野心家を退治するには、ひとすじの逃げ道をつくっておかねばならない。悪党どもがどこにも身の置きどころがないようにしてしまうと、それはちょうどねずみの穴をすべて塞(ふさ)いでしまうのと同じで、逃げ道を失ったねずみは追いつめられたあまり大事なものまですべて食いちぎってしまうにちがいない。

To stop the bad guys, you need to give them an outlet.
If there is nowhere to go, even a rat would bite through anything in its way.

鋤奸杜幸
要放他一條去路
若使之一無所容
便如塞鼠穴者
一切去路都塞盡
則一切好物都咬破矣

非良書

益謙畫

九十五

あれもこれもすべて明察できるからといって知恵者であるとは言えない。察すべきものは明察し、察する必要のないものはそのままに捨て置く、それが真の知恵者というものである。

争えば必ず勝つからといって勇者であるとは言えない。勝つべきときには勝ち、勝つ必要のないときには争わずにいる、それが真の勇者というものである。

To make good decisions is not necessarily the sign of wisdom. Wisdom is the ability to decide or not.
To achieve certain victory is not necessarily the sign of bravery. Bravery is the ability to win or not.

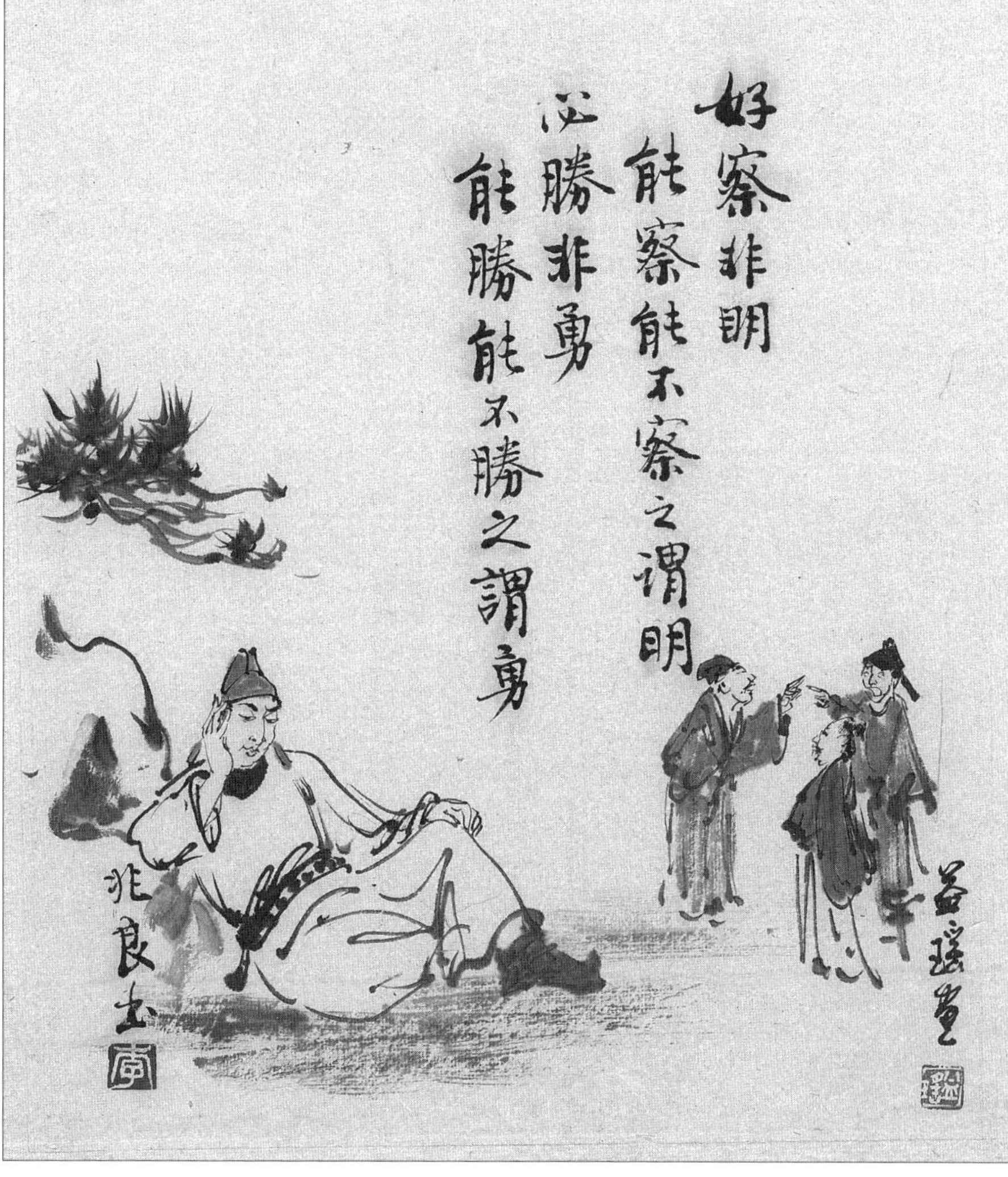
好察非明
能察能不察之謂明
必勝非勇
能勝能不勝之謂勇

九十六

家族の者が過ちをおかしても激怒してはならず、といってそのまま見過ごしてしまってもならない。言いにくい事がらだったら、ほかの事にことよせて、まずはやんわりと言い聞かせる。その場でわからせることができないなら、後日また言い聞かせるようにすればよい。春風が凍いてついた大地を解かすように、おだやかな気候が氷を消すようにしてこそ、家庭のあるべき姿だといえる。

When a family member errs, don't blow your top off and don't give up either.
If it is difficult to talk about it, try to hint it in other ways.
If the advice is not taken right away, give it another try later.
Set a role model like the spring breeze thawing the ice.

家人有過不宜暴怒不宜輕棄此事難言
借他事隱諷之今日不悟俟来日再警之
如春風解凍和氣消冰才是家庭的型範

益瑶畫

兆良書

九十七

心静かに外界の変化を見、自分は退いて世の人々のあわただしさを観察することができるなら、そこではじめて世俗を超えた境地を味わう意味が知れよう。
忙中の閑を楽しみ、この騒々しい世の中にあっても心の平静さを失わぬなら、そこではじめて安身立命の境地にあることの意味が知れよう。

Watch things move when you are still.
Watch people busy toiling while you are relaxed.
Then you will realize the fun beyond this world.
Knowing how to be at ease when busy, knowing how to quiet down in great commotion, that is the training to keep you healthy and long-lived.

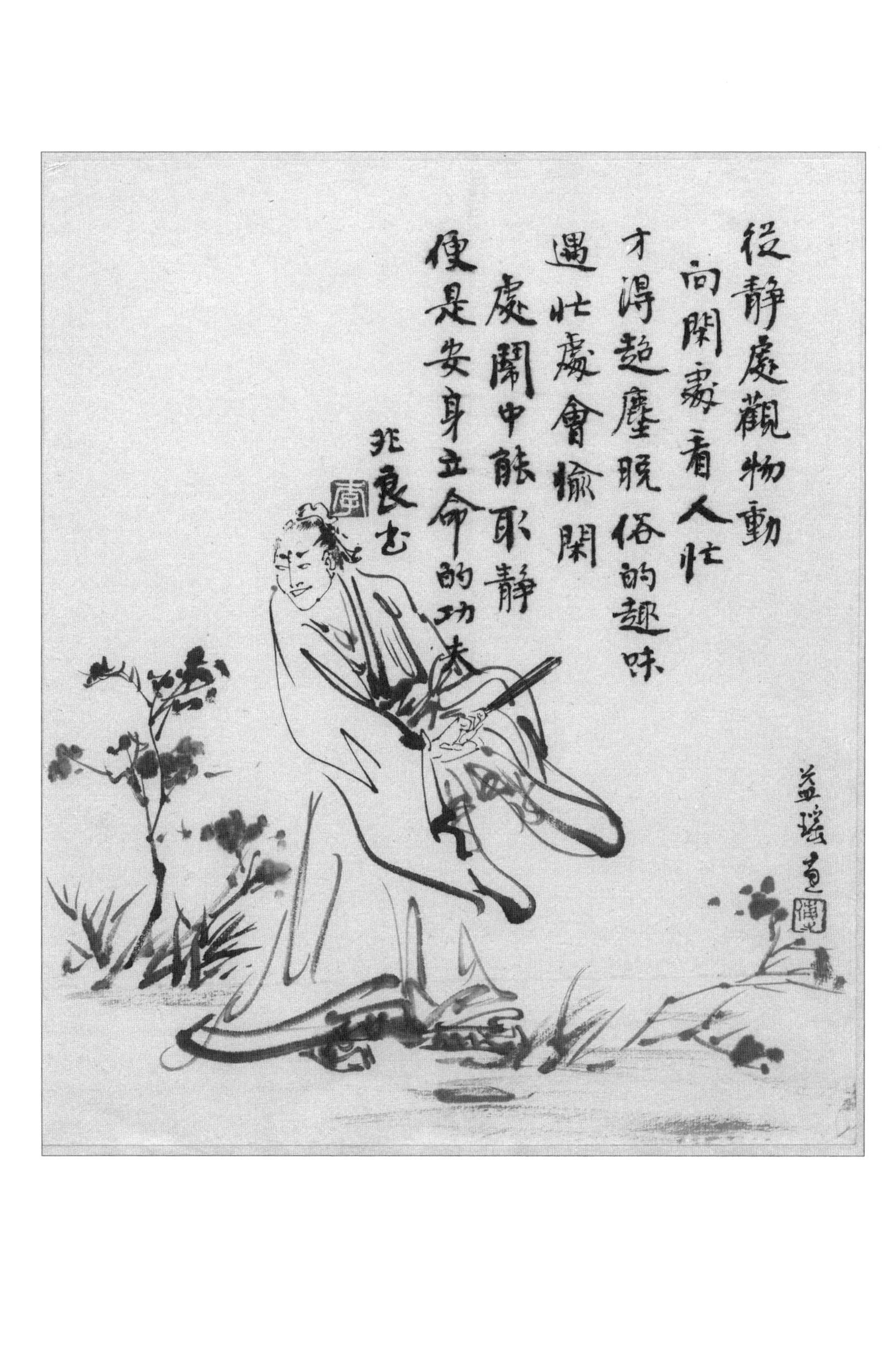

從靜處觀物動
向閑處看人忙
才得超塵脫俗的趣味
遇忙處會偷閑
處鬧中能取靜
便是安身立命的功夫

兆良书

益瑶畫

九十八

仏教で言う「縁あればこそ」、また儒教で言う「分に安んじて」、この教えさえ身につければ、人生航路で浮き袋を得たのも同じである。

広々として果てのない人生航路の大海原で、完全な満足を求めるなら、たちまち多くの欲望がわき起こってくる。縁あって置かれている今の境遇に安んじることができれば、この先どのような境遇に置かれようとも心の安らぎを得ることができるのである。

Buddha Shakyamuni takes fate as is, so are our scholars. This idea is the buoy to carry you over the sea of life. To be perfect in everything is asking for trouble. Just let go and you will get it.

釋氏隨縁
吾儒素位
四字是渡海的浮囊
蓋世路茫々一念、求全
則萬緒紛起
隨遇而安
則無入不淂矣
兆良

九十九

ごく身近なところに、いいなあと思えるものがあり、ほんのささやかなものに、しばし心を奪われることがある。
浅く張られた水と握り拳ほどの置き石でできた盆景にも、居ながらにして万里の山河の趣きを見ることができるし、ひとことふたことの言葉から、古(いにしえ)の聖人賢者の心を知ることもできる。

You don't have to stretch your mind too far, nor have too many things to keep.
A couple of rocks on a shallow dish can assume miles of mountains and rivers.
A couple of words and statements can reveal the mind of a great saint.
Knowing it shows the insights of an intellectual.

會心不在遠
淂趣不在多
盆池拳石間
便居然有
萬里山川之勢
片言隻語內
便宛然見
萬古聖賢之心
才是
高士的眼界
達人的胸襟

托良書

古人が名詩を口ずさんだ歌枕に身を置けば、そぞろに詩興がわいてくる。われ吟じれば、あたりの景色はそのままに広々と開けてくるようだ。
古人ゆかりの静かな湖のほとりを独り歩けば、自然の豊かな趣きを存分に楽しめる。われ往けば山川の姿はおのずから美しく照り映えるようだ。

Over the little BaLing Bridge where people waved farewell, my poetic thoughts flows while watching the woods and caves. Alone by the bend of the mirror lake, where courtiers used to retire, I reach out with my spirit stimulated by the mountain and the river.

詩思在灞陵橋上
微吟就林岫便
已浩然
野興在鏡湖曲邊
獨往時山川自
相映發

百一

空(から)のときは傾き、中ほどまで入れると正しく立ち、いっぱいにすると覆るという器の例もあるように、また銭を蓄える土器製の貯金玉は銭で満たされると打ち壊されてしまうならいもあるように、満たされることばかり考えるようでは危うい。
ほんとうの教養人は無の境地にこそ身を置くもので、欲で満たされることはなく、乏しい生活に甘んじることはあっても、けっして満ち足りた生活にあこがれたりはしない。

A vessel topples because it is too full.
A piggy bank is saved from being shattered for its emptiness.
So a wise person prefers "have-not" than "have".
Rather be incomplete than to be complete.

欹器以滿覆
撲滿以空全
故君子
寧居無不居有
寧處缺
不處完
兆良

百二

わが身を泰山(たいざん)や神器の鼎(かなえ)のように、どっしりと身じろぎすることなく保つなら、多くの過ちを犯さずにすむ。

世事への対応は、水が流れるように、また花が散るように、ゆったりとそのあるがままに応じるなら、心やすらかに味わいある人生がおくれる。

Hold your principles as firm as the nine huge bronze tripods of Mount Tai.
Then blames shall not fall upon you.
Treat everything as fallen petals in flowing water.
Let them disappear and you will find fun.

持身如泰山九鼎
凝然不動
則愆尤自少
應事若流水落花
悠然而逝
則趣味常多

非良書

益瑶画

百三

あばら屋ではあるが、日々詩を誦し書を読んで古の聖人や賢者と心を通わせ語り合う。貧乏は辛い毎日であると誰が言えようか。

一樽の酒ではあるが、天を幔幕とし地を敷物として独り宴をし、折々天地自然と一体化する。酔いは禅の境地に違うと誰が言えようか。

Reading under a thatch roof, I converse with the ancient sages everyday.
Who says poverty is a disease?
With my wine bottle, I lie relaxed in the open field.
Who says drinking is not part of Zen?

蓬茅下誦詩讀書
日日與聖賢晤語
誰云貧是病

益瑞畫

樽罍邊幕天席地
時時共造氤氳
孰謂醉非禪

北良書

百四

昼下がり、物音もやんで、ただ鳥のさえずりだけが聞こえるのに耳をすますと、知らず知らず耳の感覚がとぎすまされているのがわかる。

夜もふけて、天高く澄み、月かがやいて雲が自在に形を変えるのを見ると、にわかに目にするものすべてが空であることを知る。

Dozing off in a lazy afternoon, I am awakened by the birds, whose songs clear my ears. In the depth of the night, I watch the clouds drifting in the sky, stretching my sight afar.

晝閑人寐
聽數聲鳥語悠揚
不覺耳根盡徹
夜靜天高
看一片雲光舒卷
頓令眼界俱空

百五

古の名僧の言に「風が吹くと階に写った竹の影はしきりに階の上の塵を掃くが、塵は少しも動かない。月の光が射すと光は池の底まで貫くが、池の底には何の跡も残さない」とある。

儒者の言にも「水の流れはどれほど急であっても人はそれを騒々しいとは思わず、花がしきりに散り敷いても人はその景色をのどかなものと思う」とある。

こうした心境に常にあるならば、どんな物事に接しても惑わされることなく、自由自在でいられるのである。

There is an old saying:
The bamboo shadow cannot
dust off the steps.
The moon penetrates the pond
leaving no trace on the water.
Our Scholar says:
Though the stream flows swiftly
by, the scene is forever still.
While the flowers are wilting
rapidly, my mind is cool.
Treats things this way and how
at ease I would be.

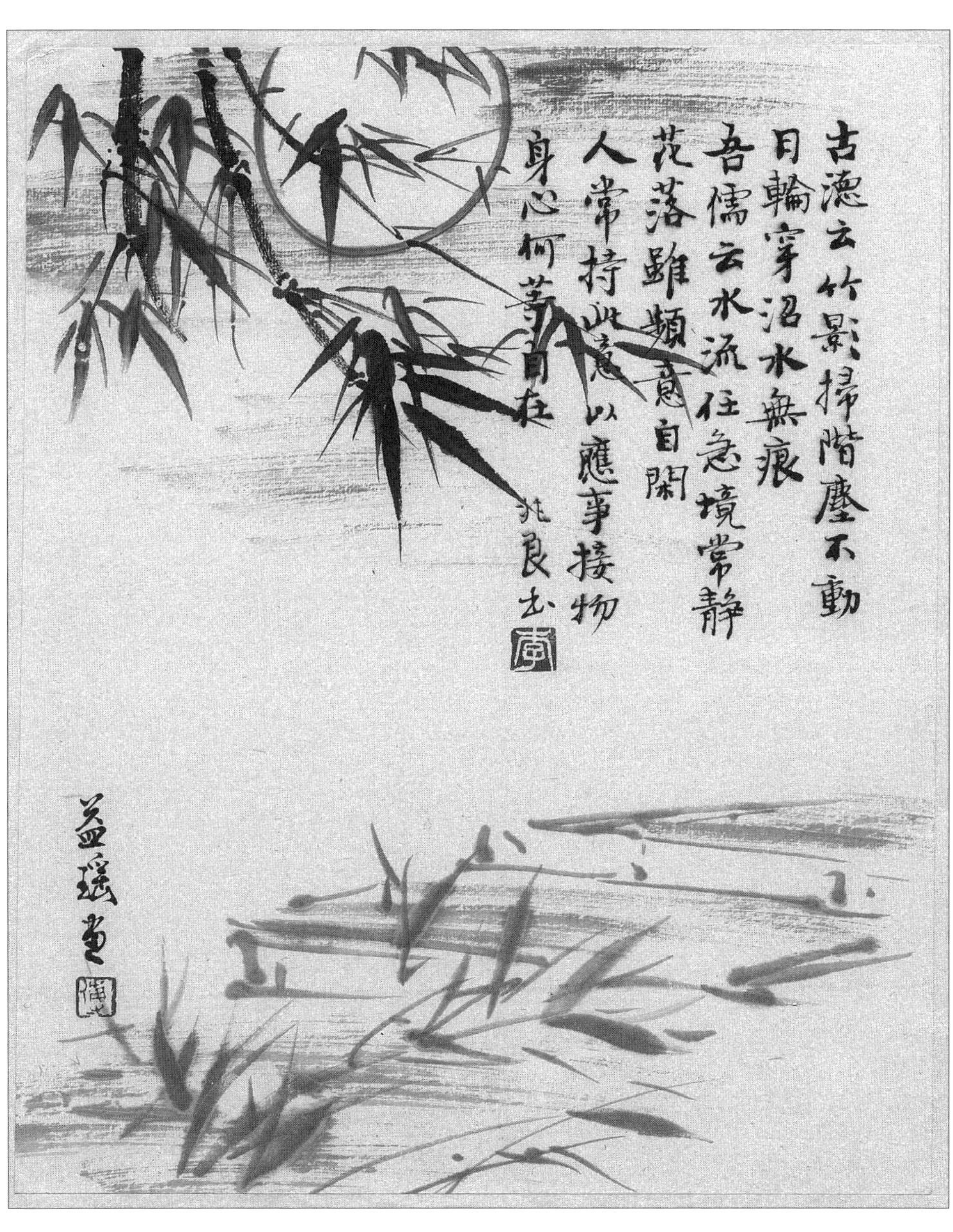
古德云竹影掃階塵不動
月輪穿沼水無痕
吾儒云水流任急境常靜
花落雖頻意自閑
人常持此意以應事接物
身心何等自在
兆良書
益瑤畫

百六

夜が白々と明けそめるころ、松の葉末の露を受けてそのしずくで朱墨を磨る。易経に句読をほどこしながら、もうしばらく読書をつづける。

昼、文机を前に経文を読誦（どくじゅ）しながら、時おり釣るしてある磬（けい）を打ってそのすずやかな音色を竹林に響かせる。そうして、もうしばらく勤行（ごんぎょう）をつづける。

Reading Yi-Jing under a morning window, I grind cinnabar with the dew on pines. Discussing the classics over a desk at mid-day, I listen to the chime announcing a breeze under the bamboo.

讀易曉窗丹砂研松間之露
談経午案寶磬宣竹下之風

林をわたる松風の響き、岩を洗う泉の音。じっと耳をかたむければ、それは天地自然が奏でる美しい音楽であることがわかる。

野のはてになびく霞、澄んだ水面(みなも)にうつる雲の影。心静かに眺めれば、それは天地自然が描き出した見事な絵画であることがわかる。

The music of rustling pines.
The tinkling of spring water over rocks.
Everything entering your ears is part of Nature's chimes.
The haze over tall grasses.
The cloud's shadow amidst water.
Watching them at leisure is like reading the best essay of the Universe.

益瑤畫

林間松韻石上泉聲靜裏聽來識天地自然鳴佩
草際烟光水心雲影閑中觀去見乾坤最上文章

北良書

百八

低いところに身を置いてはじめて高いところに登ろうとすることの危うさを知る。

暗いところに身を置いてはじめて陽のあたる場所に出すぎることのみっともなさを知る。

隠棲してみてはじめてこまねずみのように立ち働いたことがどれほど徒労であったかがわかり、退いて沈黙を守る立場になってはじめて、ああでもないこうでもないと多弁を弄したことがどれほど無駄であったかがわかる。

Only when humbled does one realize the danger of ambition.
Only when obscured does one know of the pain of being in the limelight.
In tranquility, you would realize the stress of exercise.
Keep your lips sealed, and you shall know how foolish verbosity is.

居卑而後知
登高之為危
處晦而後知
向明之太露
守靜而後知
好動之過勞
養默而後知
多言之為躁
兆良書

父・傅抱石

わたし 父 水墨画

傅 益瑤

わたしは画家の家に生まれましたので、他人から見れば、長じて画家になるのは、ごく当たり前のようにも思われたことでしょう。その実、わたしに限っては全く逆で、物心ついた時から、まわりは絵ばかりで、なんとかして早くこんな環境から逃げ出したいと幼心にも思ったことがありました。父の教えと早すぎた死、それにつづく文化大革命の勃発がなかったら、わたしは好きな演劇か映画の世界に身を投じていたにちがいありません。

父の〝名言〟に、
「品格は厳しく仕付ければ備わるものだが、才能はいくら仕付けても備わりはしない」とあります。

そうした考えからでしょう、父はわたしにこれを学べとか、将来は何になれとか、命令めいたことはいっさい言いませんでしたが、一方で、やさしく、また熱情をこめて、わたしを父の世界にさそい入れてくれました。父の導きによって、わたしは父の生活を知り、同時に父のヒューマンな人柄と芸術家としての気質を

わたしの一家。後列左から長兄、長姉、次兄。前列左から次姉、母、妹、父、わたし。

知るようになり、しだいに、そんな父と父の仕事が好きになったのでした。

わが家の応接間には小さな腰かけがひとつありましたが、わたしはいつもこの腰かけを父の大きなソファーのそばに置いて坐り、父の話に興味しんしん、耳を傾けたものでした。わが家には〝清談の風〟があって、客が来ると、きまって話は深夜に及び、文学、芸術、歴史、哲学の話題でもちきりになりました。来客がない時には、父はわたしたちにたくさんの面白い話を聞かせてくれました。父の記憶力は並はずれていて、史上の出来事や故事成語の由来など、そっくり頭に入っていましたから、それは見事な話しぶりで、わたしたちを決して飽きさせることがありません。わたしが今も諳んじることができる古典の章句や詩詞の多くは、実は父から口移しで教えてもらったものなのです。幼いわたしには父の話は十分に理解できなかったものの、その後の人生の折ふし、わけてもわたしが絵を描くようになってから判断に迷い行きづまってしまった時に、父の教えがふと思い出されて、何度となく苦境から救ってくれたのです。

わたしの絵画との関わりは、ちょうど中国の兵法に「兵馬いまだ動かざるに、糧草まず行く」とあるようなもので、兵馬が前線に向かう前に、まず兵糧やかいばが前線に運び込まれたのでした。父は、わたしになかなか絵筆を持たせてくれませんでしたが、そのかわりに絵画の基本的な知識、絵を描くことの基本的な認識を教え込んでくれたのです。幼いわたしがいちばん好きだったことは、父の画

父・傅抱石とのツーショット。
ほんとうに大切なわたしの宝物。

室で父が絵を描く姿をじっと見つめていることでした。父は絵を描いている時には決して人を画室に入れませんでしたが、わたしだけは例外で、入れてくれただけでなく、筆を休めては、絵画についてのさまざまな興味深い話をしてくれました。そのようなかたちでわたしを絵画の世界に引き入れてくれたのです。思いおこすたびに、わたしの胸にはいつも熱いものがこみあげてきます。

その父が亡くなってすぐに、文化大革命が勃発しました。父はブルジョワ文化界の大立者とされ、わが家はブルジョワ階級とされましたから、二人の兄は投獄されて、わたしは草深い農村に追いやられるという、わが家にとってもわたしにとってても耐えがたい苦難の日々が続きました。

独りぼっちのわたしは、藁葺き小屋の暗いランプの光の下で、一冊だけ隠して持ち出してきた父の画集を開いて、何時間も何時間も繰り返し見つめていたものでした。なつかしいお父さん。あのやさしい父のまなざしと笑顔が浮かんでは消え、消えては浮かんできます。

農村で農作業に従事する毎日でしたが、広々とした天地と生き生きとした自然は、都会育ちのわたしにはとても新鮮で、それまでまったく知らなかった沢山の知識と新しい情熱をわたしの中に吹き込みました。父の絵は、こうした中国の大地を描いていましたから、農村での生活を体験する中から、父の作品へのほんと

農村での生活を体験

うの理解が深まり、いつしかわたしも絵を描いてみたくなったのです。
日干しレンガを積み上げただけのベッドの上に、父の画集を左に、わら半紙を右に並べて、そうしてわたしは父の絵の模写にとりかかりました。これがわたしが絵を描くようになった始まりです。父の絵を描き写しているると思うだけで、わたしは幸せに満たされ、一日の労働の疲れも吹き飛んでしまいます。絵を描くことで、わたしは父と語り合うことができ、父の教えをかみしめることができ、それがわたしに人生と向きあう勇気を与えてくれたのです。

南京師範大学を卒業して後、二年間ほど農村の高等学校で教鞭をとり、その後、南京博物院で古典書画の鑑定の仕事に携わったあと、江蘇省国画院に入ってプロの画家としてのスタートを切りました。

「中国の伝統文化についての研究は、中国の国内で行うだけではまだ不十分だ。日本へ行って、日本の文化と比較することでその本質を実証しなければ総仕上げはできない」というのが父の口癖でした。

念願の日本留学のチャンスが訪れ、武蔵野美術大学大学院に入ることができましたが、日本での最初の師は、父の日本留学時代の学友であった著名な日本画家の塩出英雄先生でした。その後、東京芸術大学の平山郁夫研究室に入り、平山先生のもとで敦煌美術の研究をすすめることになりました。

平山郁夫先生とシルクロードの写生行で（東京芸術大学在籍時代）

日本で日本画を学びながら、多くのことを修得しましたが、わたしにはやはり中国の水墨画が心にかなうようで、水墨画家になりたいという思いは、しだいに信念にも近いものになっていきます。

父が実際に絵を描くのを間近に見て育ったわけですから、自然に見覚えた父の筆使いに倣（なら）って父の作品を模写しますと、いつも褒（ほ）められましたが、うれしい反面、父から学べば学ぶほど、なぜか父から遠ざかっていくように感じられるのです。

日本の奇怪で多種多様、およそ何でもある百花繚乱の芸術現象や作品を前にして、わたしの精神は混乱してしまい、何年間かの苦しい葛藤がありましたが、この時も、父の教えが胸によみがえって、わたしは立ち直ることができました。それは、「胸中の丘壑（きゅうがく）を富ませ、古人の技法に嫻（なら）う」という教えで、自分の思想を正してから、すぐれた古来の技法に習熟することで自分のテーマと筆法を確立せよ、というものです。この教えを自覚してからは、片時も忘れることなく、わたしの一生のモットーともなりました。

水墨画は「書画一体」と言われるように、書作品と根本では同じものですから、線が命なのです。線の生命力が画面に力強い魅力を与えます。わたしは父の絵の模倣から脱し、根本的に自分の絵を見直して、「中鋒用筆、屋漏痕（おくろうこん）」の画法に徹

「中鋒用筆」で水墨画にも書にも挑む。

することを決意しました。自分の道を切り開かなければなりません。絵筆をまっすぐに立て、筆先が垂直に紙に下ろされるような運筆に徹します。加えて、屋根の雨漏りの痕(あと)のような自然な墨痕が紙に残るような運筆に長じなければなりません。

うれしかったのは、わたしがこうした運筆に徹して描けば描くほど、かえって父の線の特色がわたしの絵の中に入ってくることでした。それはまるで父と対話しているかのようで、この時はじめて、わたしは自分の絵に対して自信を持つことができたのです。

幼いころから、わたしは父に古典文学と歴史はきちんと勉強するよう言いつけられました。このことが、今では自分の創作領域を広げる何よりの助けになっています。この十数年来、わたしが一歩一歩確立してきた絵画の領域は、障壁画、日本の祭り、そして詩意画です。

日本の寺院はずっと博物館と同じような役割を果たしてきたと、わたしには思われてならないのですが、多くの寺院が、各時代の仏教美術をはじめとする様々な美術品・芸術品を保存し、陳列して、人びとの鑑賞に供しています。わたしは日本の寺院を訪れるたびに、日本のお寺はほんとうに水墨画の宝庫であることを

「仏教東漸図」（右半部）

知って驚きます。そして、日本特有の障壁画である襖絵は、水墨画の魅力を存分に発揮できる最良の天地であることを知ったのです。

各地の寺院を訪れ、多くの襖絵を前にして、中国の水墨画文化が日本に深く浸透していること、また中日両国の文化交流の中で輝かしい成果を収めてきたことを認識しました。

ところが、第二次世界大戦のあと、寺院の襖絵は描かれなくなってしまったとかで、著名な大寺院でさえも、とある大広間は四方を囲む壁も襖も寂しいかぎりなのです。ですから、新たに襖絵を描いてほしいとのお誘いがあった時には、それこそ小躍りしてお引き受けしたほどでした。そして、一作品一作品と制作して今日に至っています。

襖絵は、小さくても縦二メートル、横六メートルの大作ですし、構図づくりも三次元、四次元になり、題材も複雑で、多くの困難をともないます。けれども、そうした困難の中に秘められた水墨画の奥義を究める楽しさはまた格別です。わたしは一作一作と仕上げることで、一つまた一つと難関を突破し、作品が完成するたびに、一歩一歩ですが自分が進歩していることを自覚する喜びを得ることができたのです。

そしてある時、突然悟りました。水墨画の画面の構成は、もともと単純な構図づくりといった性質のものではなく、中国の文章の構成法と同様に、自然の時空

「仏教東漸図」（左半部）

と歴史の時空、それに人間精神の時空が同時に心の中で溶け合ってはじめて、内心の情感が生まれ、それが新しい芸術の秩序をつくり出すのだ、ということ。これは水墨画の画面構成の原則なのです。もしこの原則がなかったら、縦二・六メートル、横十二メートルの大きさがある「仏教東漸図」のような大きくて複雑な構図の壁画を描くことはできません。

この壁画は、日本仏教の聖地である比叡山延暦寺の国宝殿を飾るために創作しました。延暦寺はゆうに千二百年の歴史があり、日本仏教のあらゆる宗派がここから派生していると言ってもいいほどです。今日なお厳しい修行がおこなわれています。ここには仏教史詩のような壮大な壁画が必要でした。わたしは構想に四年を費やし、まる一年かけてこの作品を完成させたのです。

二千六百年の歴史をカバーする仏教の東漸には、長江のような滔々たる主流と無数の支流・細流があります。水墨画独特の技法である余白による処理を用い、わたしは、人と大地、時間と空間を交差的に組み合わせ、雲気を描くことで、見る者の視線を可視の画面から不可視の画面に導くように工夫し、一大世界を現出させたのです。創作がすすむ中で、わたしの構想が徐々に大画面の中に実現されていきます。精神の集中は、わたしを興奮させ、勇気をかきたてます。時には立てつづけに十数時間描きつづけることもありましたが、それでもわたしは疲れ知らずでした。

寺院の襖絵の制作を終えて

幼少時のわたしはお転婆で落ち着きがなく、長い間じっとひとつのことに集中することができませんでしたが、絵を描くことで、わたしの性格も変わり、強い意志を養うことになったのです。

障壁画の次にわたしをとりこにしたのが、日本の祭りをテーマにした絵画の制作です。

祭りは日本独特の文化現象ですが、日本に住むようになってまもなく、日本では、一年四季を通して、全国各地のいたる所で祭りがあり、毎年同じ時に同じ形で盛大な祭りが催されることを知りました。わたしが一番驚いたのは、千年以上の歴史をもつ祭りが、その伝統を今に生き生きと伝えていることです。祭りに参加する人々は誰もが皆真面目で、厳粛で、それぞれの持ち場持ち場で責任を果たしますが、それでいて楽しそうで、子供っぽく、実に天真爛漫なのです。

祭りは厳粛な儀式でもあり、同時に神と人とが戯れる大人の遊びでもあるようです。祭りでは、普段の姿と全く異なる日本人の姿を見ることができます。純粋で可愛らしく、情熱的な姿。いつもは慎み深く、面子（メンツ）意識の強い日本人の姿とは全く違ったものです。日本人を描くには、この日本の祭りを描くに如（し）くはありません。それにしても、祭りを描いた絵画がとても少ないのはなぜなのでしょう。だんだんとわかった事ですが、絵のテーマとしては表現しにくい題材なのです。

「諏訪大社御柱祭り下社木落しの図」

特定のステージがあるわけではなく、参加している無数の人々は、けっして抽象的な群衆ではありません。一人ひとりが性格と個性を持った生命です。それも時の推移によって、すべてが絶えず変化していきます。水墨画の構成法でなくては、祭りの過程と大自然を同じ画面に取り込んで描くことは不可能なのです。

同様に、水墨画の生命である線でなくては、一人ひとりの人物を捉えることはできません。わたしは日本の祭りをテーマに新しい領域を開拓しようと意気込んではみたのですが、前例もなく先生もおらず、なかなか筆を下ろせずに半年間が過ぎてしまいました。

やっと、こつを見つけたのは、そんな迷いの中からでした。固定観念を捨てて、まずわたし自身が祭りの中に飛び込んでいくこと、体と心で祭りを体験し、内側から祭りを知ることだと、わたしは悟ったのです。こうしてわたしも浴衣(ゆかた)を着て祭りの中に入り、飛んだり跳ねたり叫んだりしましたが、そうすると、わたしの血液は、わたしの個体からあふれ出て、祭り全体の大きな循環系統の中に流れ込んでいくような気分になり、わたしはすっかり祭りの中に溶け込んでしまいました。この気分をそのままに描いて出来上がったのが、わたしの日本の祭りシリーズなのです。即興的に描いた、と言ってもいいでしょう。

神社からも祭りの絵を依頼されるようになりましたが、その一つに諏訪大社の「御柱祭り」の絵があります。この作品は神道文化奨励賞を受賞しましたが、賞

劉長卿「風雪夜帰人」詩意図

の創設以来三十年余りになりますが、画家に与えられたのも、外国人に与えられたのも、わたしが初めてとのことでした。

水墨画家として一番好きな領域は、詩意画です。

優れた中国の詩詞は、偉大な美質に満ち満ちていると言っても、決して過言ではありません。永遠に失われることのない理想、信念、情操は、人間にとって、崇高な生命にほかなりませんが、この崇高な生命が自然と融合した時に、無限の意境をそなえた詩作品が生まれます。この「意境」をどのように表現するかで、水墨画家の才能と人格が判断されるのです。

父はわたしに沢山の古典詩詞を口移しで教えてくれましたが、そのつど、「詩の味がわかるまで、何度も何度も口ずさんでごらん」と言いました。内容がわかるだけでは不十分で、詩の味がわかってはじめて、詩の意境に近づくことができる、と教えてくれたのです。玩味できなければ、詩詞の意境を一枚の絵に描き表すことはできません。

わたしは劉長卿の詩の一句「柴門聞犬吠　風雪夜帰人」を絵にしましたが、苦しい長旅を終えてやっとわが家に帰り着いた旅人の耳に、まだ家の柴折戸は見えないのに、犬の吠える声が聞こえてくる、その一瞬、雪は旅人の心をせかすかのように、さらに激しく降りつのる、という「意境」を描かねばなりませんでした。

正坐して筆を走らせることにも慣れてしまった。

夜の降りつのる雪をどう描くかの研究の過程は、わたしが詩人と精神を重ね合わせる過程でもあります。心が通いあう時、わたしの筆は、おのずから、さらさらと走り出すのです。

わたしの詩意画は、「王維詩意」二十五幅から松尾芭蕉の「奥の細道」三十六図まで、詩人との心の通いあいの中から生まれたものばかりなのです。

わたしの生い立ちに始まり、父の教え、わたしの画家としての歩みをかいつまんでお話しましたが、『菜根譚』を含め、中国の文化は、わたしたちの前に、いつも開かれているということを、改めて強調いたしたいと思います。わたしは画家ですから、水墨画の無限の表現力を使いこなして、この無限の文化の宝庫に挑んでまいります。

水墨画を描くのは、太極拳をするのと同じで、どう身体を使うかも重要です。背筋をまっ直ぐに保ち、「中鋒用筆」で描くのが基本ですが、わたしは立って描く時も、坐って描く時も、必ず姿勢を正すことから始めます。太極拳をなさったことがある方ならご存知のはずですが、太極拳もまた必ず姿勢を正すことから始まります。

大作を描く時の床に坐る姿勢もすっかり身に付きました。日本に来たばかりのころは、床に坐るのは大変な苦痛でしたが、今では、日本式の正坐でも、中国式

傅益瑤近影

の結跏趺坐でも、長く坐っているのが少しも苦痛でなくなりました。これもまた絵がわたしを鍛錬してくれたということでしょうか。

新しい作品を描くことは、わたしにとって新たな勉強の始まりです。作品が完成した時は、誕生日も同じで喜ばしい反面、わたしにとってはまた反省の時でもあります。

「絵を描くことは、あなたにとって何ですか」と聞かれることがありますが、わたしの答えはいつも同じです。

「職業ではありませんし、遊びでもない。わたし自身の成長の過程なのです」

なぜならば、絵を描くことによって、わたしは絶えず新しい自分を発見することができるからです。

傅益瑤　略歴

一九四七年　江蘇省南京市に、中国近代画壇の巨匠・傅抱石の第五子として生まれる。七〇年　南京師範大学卒業。
七五年　南京博物院の古典書画鑑定員に。七八年　江蘇省国画院の専門画家に。八〇年　国費留学生として日本へ。
八七年　長野県上田市の常楽寺で襖絵を制作。八八年　「鳥越神社祭り図」を制作。障壁画と祭り図が主要領域に。
九〇年「比叡山延暦寺図」「天台山国清寺図」の障壁画二面と襖絵「三千院の四季」を完成、マスコミの話題に。
九一年　講談社から『傅益瑤水墨画集』を刊行。八月に香港、十一月に台北で個展開催、発表の場を海外に広げる。
九三年　香港大会堂で「傅益瑤唐人詩意画展」を開催。九四年「円仁入唐求法巡礼図」二十五図の全作品を完成。
九五年　NHKテレビ「趣味百科　水墨画への招待」講師に。祭り図を高く評価、神道文化会が文化奨励賞を授与。
九六年「仏教東漸図」が完成。九七年　四月から一年間、読売新聞朝刊の連載小説・辻原登『翔べ麒麟』の挿絵。
九八年　ニューヨークで個展開催、国連のアナン事務総長と国際交流をテーマに懇談、「達磨一葦渡江図」を寄贈。
九九年　ニューヨーク・ナショナルアーツクラブと国連本部で個展、聖ジョージ大学アジア研究センターで講演。
二〇〇〇年「奥の細道」シリーズの制作はじまる。〇一年　道元七百五十回大遠忌を記念する諸作品の制作に専念。
〇二年「祖道伝東図」全三十六図を永平寺に奉納、日本各地で「祖道伝東」と道元をテーマにした作品の展覧会。
〇二年　十二月、NHKテレビ「国宝百選・雪舟の旅」に案内・解説役として出演。〇三年「傅益瑤・奥の細道展」。
〇四年　傅抱石生誕百年に際し、中国で記念の諸行事。四月、北京・中国美術館で「傅益瑤画展」と記念講演会。
〇四年　芭蕉生誕三百六十年を記念し、七月に「『奥の細道』三十六景展」、九月に、三重県上野市で記念講演。
〇四年　十月、山形県酒田市立美術館で「永平寺所蔵　傅益瑤水墨画作品と寺宝展」を開催。開幕に合わせて講演会。
〇四年　十二月、台北・国父記念館で「傅抱石百年大展」。〇五年　江西省の景徳鎮を訪れ、染付磁器の作品を制作。
〇六年　八月、上海ブックフェアで「仏教東漸図」の中国での出版を祝って記念会。日本からは文化代表団が訪問。

解説

『菜根譚』は、加賀藩の儒者、林瑜（字は孚尹、号は蓀坡）が、文政五年（一八二二）に和刻本をつくり、それまでは手写するしかなかった稀覯本を翻刻・刊行したことから、以後、広く日本国内で読まれるようになった。

林瑜は、江戸遊学の折に、おそらく昌平黌（昌平坂学問所）で『菜根譚』の善本を手にする機会があり、一読してその内容の素晴らしさに驚嘆したらしく、刻本の自序には、「ここに於て自ら校し、……上梓す。蓋しこれを同志に公にして、その伝写の労を省くのみ」と書いている。志を同じくする者が手写するのは大変だろうから、今、私が刻本を上梓して広く公にする次第である、と述べているのは、一人でも多くの「同志」に『菜根譚』を読んでもらいたい、という林瑜の心からの願いがあったからである。

自序には、『菜根譚』の素晴らしさが熱っぽく語られているが、「天理に本づきて人情に遠からず、徳行を尚びて文雅を斥けず。これを要するに、またただ人をしてこれ中行に致さしめんと欲するなり。余初めこれを一覧し、覚えず掌を拍ちて曰く、古人先ず吾が心を獲たりと。」との下りからは、林瑜がどれほど興奮したかが伝わってくる。

林瑜が、わけても膝を打って、「そのとおり！」と感嘆したのは、本書の中では八十一に掲げた章句「高位高官の地位にあっても、林中に隠棲しているようなおもむきを失ってはならない。そうあってこそ、ふさわしい風格というものがあらわれる。／林中に隠棲していても、天下国家を論じるだけの見識を失ってはならない。そうでなければ、ただの世捨て人になってしまう」だったのではないだろうか。自序には直接そう書いてはいないが、文脈から、そうだったフシがうかがえる。この章句に、林瑜は、自身の理想の君子像を重ね合わせていたのである。

江戸後期から明治、大正、昭和、そして平成の今日もなお『菜根譚』が変わらず多くの読者を獲得している大きな理由のひとつに、この「そのとおり！」と膝を打たしめる章句が、誰にもきっと一つ二つ必ずあることが挙げられよう。『菜根譚』は、「前集」「後集」からなる通行本（林瑜の和刻本以来、日本で流布した「二巻本」）には三百五十七章句（三百五十六章句とする場合も）、「修省」「応酬」「評議」「間適」「概論」の五部から成る「一巻本」（清朝本）には三百八十四章句が収められているが、本書では、「二巻本」「一巻本」の双方から計百八の章句を選び、これを傅益瑤さんが〝絵解き〟して、さらに李兆良氏が章句の原文を毛筆で描き添えた、いわば「傅・李氏版『菜根譚選』」の形をとることになった。お二人の琴線に触れ、「そのとおり！」と膝を打たしめた、名言集『菜根譚』の名言中の名言が選ばれたことになる。

『菜根譚』の著者、洪応明（字は自誠、号は還初道人）は、明の万暦年間（一五七三―一六一九）にその生涯の大部分を過ごした人で、士大夫階級の素養である儒学を修めたあと、仏教・道教を合わせ学び、いわゆる「（儒・仏・道）三教兼修の士」として一家言を持つに至っている。明末の政争に敗れ、林中に隠棲して、ある時は僧侶として、ある時は道士として、求道三昧の晩年を送ったことは、『菜根譚』の章句からも察せられる。通行本（二巻本）の題詞（序）には、「（著者、洪応明が）その風波に顚頓し、つぶさに険阻を嘗めしこと、想うべし」と書かれ、人生の荒波にもまれ、一度は失意のどん底に落ちたこともある洪応明の経歴が示唆されている。本書の二十に、

「……人情は常なく、人生の浮き沈みは誰にもあるが、……」

と書かれているように、晩年の洪応明は、悟りを開いた身の透徹した心眼で、明末の世相を見極め、文字どおり珠玉の言葉で『菜根譚』の章句を書きつづったのである。林瑜は、刻本の自序で、「学ぶ者これを読まば、則ち卑庸の陋俗も以てよく換骨すべし」（学問を志す者が、この書を読むなら、それまでの卑俗な心持ちも一変して、清らかな境地に達することができよう）と述べているが、『菜根譚』の章句には、読んで、それまでの考えを一変させるだけのインパクトを秘めているものが少なくない。

本書の「はじめに」には、そうしたインパクトが、傅益瑤さんの切実な体験として語られており、読む者の心を打つ。『菜根譚』の名言は、中国の家庭教育においては「賢文」と言い慣わされ、士大夫階級の流れを汲む知識人階層

の家庭では、名言を口移しで子女に覚えさせる「賢文教育」が行われていたことが「はじめに」には記されているが、大変興味深い。

今日、すぐに手に取って読むことのできる『菜根譚』には、今井宇三郎訳注の岩波文庫版と、中村璋八・石川力山訳注の講談社学術文庫版があるが、どちらも林瑜の和刻本以来の通行本に拠っている。長く刊行が待たれていた「一巻本」も、二〇〇六年二月に、中村璋八氏の訳注で東方書店から出版された。いずれも、原文、訓読、語釈、訳文の〝四拍子そろった〟日本の「菜根学」の成果を代表する堂々とした著作で、本書の〝名言集〟で入門された読者は、ぜひこの三種の全訳本にすすんでいただきたい。

〝絵解き〟をされた傅益瑤さんのお人柄を知っていただくため、ご自身がしたためられた「わたし　父　水墨画」を巻末に収めた。「はじめに」と合わせ、傅益瑤さんの本書に寄せる熱い思いを知っていただければ幸いである。画中には、たぶん洪応明その人ではと思わせる、隠士、道士、僧も登場する。山中で、木こりや牛飼いと楽しそうに語り合う姿、ひとり鳥のさえずりに耳をすます姿、谷間の松林をそぞろ歩く僧形の老人、……。傅益瑤さんの巧みな筆は、画中に明末の世相と、多種多様な人物像を描ききって余すところがない。

章句の現代語訳は、雄山閣中国芸術文化研究室で当たり、中国古典に精しい三、四の識者に目を通していただいたが、TBSテレビ編成制作本部・制作考査室の考査統括の任にある高柳等氏には、校閲していただいたうえに、編集上でもさまざまなアドバイスをたまわった。高柳氏が「そのとおり！」と膝を打たれたのは、本書では最後の章句だったとかで、番組制作の最前線で獅子奮迅された後に考査部門に移られた高柳氏のご心境が察せられて、改めて『菜根譚』の〝現代性〟に驚かされたことである。読者の皆さまにも、きっと「そのとおり！」と膝を打たれる「わたしの菜根譚　この名言」がおありになるのではないだろうか。

二〇〇六年九月

雄山閣　中国芸術文化研究室

共同企画——亜東書店
編集協力——竹田知代
村田　寛
印　字——近藤綾子
組　版——有限会社 ムック

【画】傅益瑤（フー・イーヤオ／Fu Yiyao）

1947年　中国江蘇省南京市に生まれる。
1970年　南京師範大学卒業。
1980年　国費留学生として来日し、塩出英雄氏や平山郁夫氏に師事。
1991年　『傅益瑤水墨画集』（講談社）刊行。
1995年　ＮＨＫ「趣味百科　水墨画への招待」の講師を務める。
2002年　「祖道伝東図」全三十六図を永平寺に奉納。

【書】李兆良（リ・チャオリャン／Li Zhaoliang）

1943年　香港に生まれる。
1969年　香港中文大学にて生物学の学士号を取得。
1974年　米国インディアナ州・パデュー大学にて生物化学の博士号を取得。

2006年9月20日　初版発行
2012年8月25日　新装版発行
2022年9月25日　第三版第一刷発行　《検印省略》

【第三版】絵解き 菜根譚―一〇八の処世訓―

著　者　傅益瑤・李兆良

発行者　宮田哲男

発行所　株式会社 雄山閣
〒102-0071　東京都千代田区富士見２－６－９
TEL 03-3262-3231㈹ FAX 03-3262-6938
振 替 00130-5-1685
http://www.yuzankaku.co.jp

印刷・製本　株式会社 ティーケー出版印刷

ISBN978-4-639-02855-0　C1097
256p　21㎝